D1748713

Für Jane und Jamie.

Florian Kogel

Projekt Kaktus

© 2020 Florian Kogel

Autor: Florian Kogel
Umschlaggestaltung: Florian Kogel
unter Verwendung von Abbildungen von Scott Webb/Pexels,
Damir Mijailovic/Pexels und fancycrave1/Pixabay

Verlag & Druck:
tredition GmbH, halenreie 40-44, 22359 Hamburg
ISBN Paperback: 978-3-347-20717-2
ISBN Hardcover: 978-3-347-20718-9
ISBN e-Book: 978-3-347-20719-6

Das Werk, einschließlich seiner Teile, ist urheberrechtlich geschützt. Jede Verwertung ist ohne Zustimmung des Verlages und des Autors unzulässig. Dies gilt insbesondere für die elektronische oder sonstige Vervielfältigung, Übersetzung, Verbreitung und öffentliche Zugänglichmachung.

1
Vertrocknet

Ein Kaktus. Etwas vernachlässigt in seinem kleinen, weiß glasierten Keramiktopf, stand er auf der Fensterbank. Adam starrte ihn an, während seine Gedanken erneut abschweiften. Diese schmucklose Pflanze ohne jede Blüte, die selbst für einen Kaktus schon viel zu lange kein Wasser mehr gesehen hatte, weckte sein Interesse mehr als die Tätigkeit, die man ihm zugeordnet hatte. Er konnte beinahe fühlen, wie ausgetrocknet dieser zähe Überlebenskünstler in seinem Topf ausharrte. Sich seine Energie aufsparte und mit jeder Zelle versuchte, mit den wenigen Nährstoffen auszukommen, die seine fein verästelten Wurzeln erreichen konnten. Er hätte ihm wenigstens hier und da ein paar Knospen gewünscht…

Adam wurde ein wenig flau, ein leichtes Schwindelgefühl erinnerte ihn daran, dass auch er sein Frühstück heute Morgen ausgelassen hatte. Er spürte die kritischen Blicke von Tom auf sich, der als Einziger seiner Teamkollegen seinen Arbeitsplatz direkt einsehen konnte. Widerstrebend wandte er sich wieder seinem Bildschirm zu, bevor seine Unaufmerksamkeit allzu deutlich wurde.

Eine Frau mittleren Alters, rothaarig, mit schmalen Lippen, sah ihn lächelnd an, wobei ihre Zähne teilweise zum Vorschein kamen. Er schob den Regler in den Bereich »freundlich« und bestätigte seine Auswahl mit einem Klick. Sofort blickte ihn ein hagerer, älterer Herr mit ausgeprägter Zornesfalte aus zusammengekniffenen Augen an. Die Wahl fiel schnell auf »ärgerlich«. Und so präsentierte ihm das Programm in einer endlosen Kaskade fremde Gesichter, die er verschiedenen Eigenschaften zuordnete.

Er fragte sich, ob man die Freiwilligen dieser scheinbar unerschöpflichen Datenbank gebeten hatte, den jeweiligen Gesichtsausdruck zur Schau zu stellen, oder ob man sie auf irgendeine Art dazu gebracht hatte, tatsächlich so zu empfinden. Würden die neuronalen Netze, denen man die klassifizierten Bilder später als Lernmaterial zum Fraß vorwarf, mit geschauspielerter Emotion nicht in die Irre geführt? Sollten sie nicht später echte Gefühle entdecken? Andererseits war es ethisch sicher etwas schwierig, Menschen nur für ein passendes Bild zu verärgern oder sogar in Angst zu versetzen.

Er wischte den Gedanken beiseite und versuchte sich wieder auf seine digitale Fließbandarbeit zu konzentrieren, gegen die es seiner Meinung nach eine eigene Ethikkommission geben sollte. Vielleicht war er undankbar, dachte er sich. Im Grunde musste er froh sein, dass Dan ihm diesen Job verschafft hatte. Im Vergleich zu den bisherigen Tätigkeiten, die er probiert hatte, um seine Miete zusammen zu bekommen, war das hier mit Abstand die bequemste Variante. So gesehen hatte er großes Glück, dass sein Abteilungsleiter Kunde in Dans Werkstatt war und Dan irgendwann die Gelegenheit genutzt hatte, ihn nach einer freien Stelle für den Sohn seiner Freundin zu fragen. Leider hatte Adam immer noch nicht das Gefühl, das hier könnte seine Zukunft sein. Auch wenn CleerBloo ein beliebter Arbeitgeber war und er sich später bestimmt ein neues Aufgabengebiet erschließen könnte, wenn er sich gut anstellte.

Leider hatte Adam keine konkrete Vorstellung davon, welcher Karriereweg besser zu ihm passen würde, selbst wenn er die freie Wahl hätte. Er hatte keine Träume oder Vision, wohin es ihn zog, für welche spannende oder wichtige Aufgabe er eine Berufung verspürte.

Adam spürte eine Hand auf seiner Schulter und zuckte leicht zusammen.

»Na, überfordert mit der Aufgabe?« zog Tom, der plötzlich hinter ihm stand, ihn auf.

»Und wie!« Adam drehte sich mit gekünsteltem Grinsen um. »Habe ich nicht erzählt, dass ich Asperger bin und keine Ahnung von Gefühlen habe?«

Tom lachte und machte sich auf den Weg, um sich einen Kaffee zu holen.

Erneut klickte sich Adam durch eine Reihe zufälliger Ausgaben der Gesichtsdatenbank. Die Aufgabe war einfach zu stupide, um gedanklich bei der Sache zu bleiben. Er dachte an Dan, den aktuellen Freund seiner Mutter. Eigentlich ganz nett, aber seine kumpelhaften Versuche, sich mit Adam anzufreunden, empfand er als lästig. Er hatte sich abgewöhnt, allzu enge Bindungen aufzubauen und brauchte spätestens seit Teenager-Zeiten keinen Vaterersatz mehr. Nicht, dass er es seiner Mutter übel nahm, wenn sie neue Freunde hatte. Sie hatte ihr eigenes Leben, und während Adams gelegentlicher Besuche kam er gut damit klar, dass da noch jemand war – solange er sie gut behandelte.

Tom kam zurück mit seinem dampfenden Kaffeebecher. Als Adam kurz aufblickte und in seine Richtung sah, nahm er eine Bewegung hinter ihm im Korridor wahr, der quer durch die Abteilungen führte und dank der gläsernen Konstruktion von vielen Seiten einsehbar war. Eine junge Mitarbeiterin, schätzungsweise in seinem Alter, durchquerte den Korridor mit zügigen Schritten – in auffällig roten Schnürstiefeln und sonst komplett in Schwarz gekleidet. Ihre halblangen schwarz gefärbten Haare wippten leicht im Takt ihrer Schritte.

Tom bemerkte Adams Blick und sah hinter sich.

»Ah, deshalb. Das ist Trish.«

Beide beobachteten, wie sie neben einer der Sicherheitstüren nah an die Wand herantrat und ihre Iris scannen ließ, bevor die Tür bereitwillig aufschwang und Trish aus ihrem Sichtfeld geriet.

Adam schaute vielleicht eine halbe Sekunde zu lang, nachdem sie bereits verschwunden war, weshalb ihn Tom prüfend von der Seite ansah.

»Schlag sie dir aus dem Kopf. Nicht unsere Liga.«

Adam holte schon Luft, um zu protestieren, überlegte es sich dann aber anders. Tom ging hinüber zu seinem Platz, stellte den Becher ab und ließ sich ächzend auf seinen Stuhl fallen.

»Weder in dieser Firma noch woanders. Zu schlau, zu erfolgreich, unerreichbar. Ein paar haben sich schon die Finger verbrannt. Aber wenn dir ein bissiger Kommentar nichts ausmacht… und eine ziemliche Blamage wie bei Nick hier« – er machte eine Kopfbewegung nach schräg hinten zu seinem blonden Kollegen, der Rücken an Rücken mit ihm saß – »bitte schön!«.

»Na herzlichen Dank auch« grunzte Nick, ohne sich auch nur umzudrehen.

Tom loggte sich ein und machte sich lautstark tippend wieder an seine Arbeit.

2
Pendler-Gedanken

Mit unruhigem Rumpeln schob sich der Zug durch die Vorstädte. Adam hatte Glück und schon im zweiten Abteil einen Platz gefunden, auf dem er keinen Sitznachbarn hatte. Dafür nahm er die gestresste Mutter in der Sitzreihe gegenüber in Kauf, die ihre Heimreise mit einem aufgedrehten Vorschulkind angetreten hatte. Der Kleine reichte nicht mit den Füßen zum Boden und ließ die Hacken seiner Schühchen immer wieder gegen die Verkleidung unter seinem Sitz sausen. Aus gelangweiltem Bewegungsdrang – und vielleicht auch, weil er mit den trommelnden Geräuschen perfekt seine Mutter provozieren konnte. Die ständigen Ermahnungen seiner Mutter feuerten die Trommelei nur noch weiter an. Andere Pendler in Sichtweite versuchten die Szene zu ignorieren und bemühten sich, in andere Richtungen zu sehen oder sich anderweitig abzulenken. Mit Ausnahme der älteren Grauhaarigen, die mit verzücktem Lächeln jede Bewegung des Kindes verfolgte.

Adam fühlte etwas in seiner Tasche vibrieren, wühlte kurz darin und warf dann einen Blick auf sein Display: Seine Mutter rief an.

»Hi, Mom.«

»Adam, bist du schon auf dem Heimweg? Kommst du gleich noch vorbei? Ich koch uns auch was Schönes…«

»Ach Mom, heute nicht, ich will einfach nur nach Hause.«

»Weißt du, ich habe Probleme mit irgendwelchen Updates und dem Drucker – vielleicht könntest du mal schauen, was da nicht stimmt?«

»Kann das nicht warten? Was ist denn mit Dan, kann er sich das nicht ansehen?«

»Du weißt doch, er ist ein toller Handwerker, aber sowas ist nicht seine Welt.«

»Na gut«, seufzte Adam. »Dann komme ich Morgen nach der Arbeit vorbei. Vielleicht!« beeilte er sich hinzuzufügen.

»OK… Wie läuft es denn bei dir?«

»Ganz gut, ganz gut« sagte Adam und war sich dabei bewusst, dass die Wiederholung die Aussage nicht unbedingt überzeugender machte.

»Aber lass uns das doch morgen besprechen!«

»Verstehe – gut, dann lass uns morgen reden.«

Sie verabschiedeten sich kurz, dann legte Adam auf.

Er dachte an Dan. Er betrieb eine recht erfolgreiche Autowerkstatt, die sich vor allem auf Classic Cars spezialisiert hatte. Wann immer ein Autoliebhaber für seinen chromblitzenden Verbrenner ein neues Ersatzteil brauchte, egal wie alt oder selten, Dan fand es dank bester Kontakte für ihn und baute es fachmännisch ein. So hatte er sich einen Ruf als absoluter Experte erarbeitet – und ein lukratives Geschäft.

Das hatte Adam unter anderem den Job bei CleerBloo eingebracht: Als Charles, ein Abteilungsleiter in einem der erfolgreichsten IT-Unternehmen des Landes, mal wieder seinen Mustang 289 Coupé zur Reparatur gegeben hatte, nutzte Dan die Gelegenheit und erkundigte sich nach einer freien Stelle für den Sohn seiner Freundin. Tatsächlich hatte Charles ein wenig Unterstützung in seinem Team gebrauchen können und lud Adam zu einem Vorstellungsgespräch ein. Offenbar stellte er sich gut genug an, um für eine Weile auf Probe eingestellt zu werden. Ein glücklicher Zufall – oder zumindest ein Zufall, soweit es Adam anging.

Dan war nicht der Erste in einer überschaubaren Reihe von Männern, mit denen seine Mutter Pam nach dem frühen Tod von Adams Vater noch einmal ihr Glück gesucht hatte. An die ersten beiden hatte Adam keine Erinnerung mehr, er war einfach noch zu jung gewesen. Sie waren auch immer wieder mal für ein paar Jahre nur zu zweit gewesen, seine Mutter und er. Aber meist hatte es eben doch jemanden gegeben, der für sie da war.

Von kleineren Konflikten während der Pubertät abgesehen war Adam immer recht gut mit den wechselnden Vaterfiguren zurechtgekommen. Die klischeehaften Eifersüchteleien oder gar offenen Aggressionen, die zu jedem fiktionalen Drama in dieser Konstellation gehören, blieben allen Beteiligten glücklicherweise erspart. Allerdings hatte Adam auch nie eine wirklich tiefe Bindung aufbauen können oder wollen.

Und obwohl er seinen Vater nie hatte kennenlernen können, machte Adam sich die Lücke in seinem Leben immer wieder schmerzlich bewusst. Er erlaubte es sich nicht, den Menschen zu vergessen, der ihn nicht mehr aufwachsen sehen konnte. Der fester Teil seines Lebens – und natürlich seiner Mutter – hätte sein sollen. Ein etwas abgegriffenes Foto von ihm, das ihm seine Mutter einmal überlassen hatte, war eines der wenigen Erinnerungsstücke, die ihm geblieben waren. Er trug es deshalb immer bei sich. Er war sich nicht ganz sicher, ob das eine gesunde Einstellung für einen halbwegs erwachsenen Mann war, aber er konnte sich nicht überwinden, das kleine Foto aus seiner Geldbörse endgültig zu entfernen.

Eine kurze automatische Durchsage holte ihn mit ihrer merkwürdigen Mischung aus Monotonie und formeller Freundlichkeit zurück in die Gegenwart. Seine Station war nah, und er machte sich bereit für den Ausstieg und die letzten 15 Minuten Fußweg bis nach Hause.

Während der letzten Blocks, die er durchqueren musste, meldete sich sein Magen bereits mit lautstarkem Knurren. Er passierte eine wenig einladende Wohngegend mit hohen Gebäuden, die im

Laufe der Jahrzehnte sichtlich vernachlässigt worden waren. Sein Ziel sah zwar wenig besser aus, aber immerhin hatte die Fassade vor einem halben Jahrzehnt einen neuen Anstrich und neue Außenleuchten bekommen. Auf der Treppe hoch zu seinem Apartment öffnete sich kurz die Tür seiner Nachbarn unter ihm; er nickte kurz Padme zu, die offenbar den Müll nach unten tragen wollte und ihn mit freundlichem Lächeln grüßte. Der exotische Geruch von Curry waberte durch das Haus und befeuerte seinen Appetit, so dass er seine Schritte hinauf beschleunigte.

Adam wollte den Arbeitstag so schnell wie möglich hinter sich lassen. Während sich wenig später ein Fertiggericht in der Mikrowelle drehte, startete er den Streaming-Dienst, um sich für den Rest des Abends mit einer guten Serie aus seiner eigenen Welt auszuklinken.

3
Hunter

»Verdammt«, zischte Hunter. Ein kurzer Moment der Unachtsamkeit, und schon hatte eine Salve ihn nur knapp verfehlt. Doch dank gut trainierter Reflexe hechtete er blitzartig aus der Schusslinie und hinter die nächstbeste Deckung. Er presste sich mit dem Rücken an das alte Ölfass, über dem dekorativ ein Tarnnetz hing, und horchte auf seine Umgebung. In der halbdunklen Lagerhalle kam es darauf an, auf alle Sinne zu achten, und jede Aktion seiner Gegner vorauszuahnen. Schon konnte er die schnellen Schritte ihrer Stiefel hören. Das war ihr letzter Fehler gewesen. Die Erregung des Kampfes mischte sich mit der Vorfreude auf den kommenden Triumph und ließ ihn grinsen. Entschlossen rollte er sich über den Boden aus der Deckung und feuerte dabei auf seinen ersten Verfolger. Der Schuss saß: Hunter hörte den Einschlag der Kugel und sah gerade noch den roten Fleck auf der olivfarbenen Weste, als er auch schon wieder hinter dem nächsten Hindernis verschwunden war. Dort blieb er nicht lange, sondern zielte darüber hinweg auf den zweiten Verfolger. Er gab in schneller Folge zwei Schüsse ab und traf zwei Mal: Helm und Schutzbrille. Wutentbrannt schleuderte der Getroffene seine Waffe zu Boden. Sein erstes Opfer lehnte sich resignierend gegen eine der aufgestellten Wände, die mit farbigen Klecksen übersät war.

»Nächstes Mal bist du fällig, Hunter«, stieß er unter seinem Helm etwas kurzatmig hervor.

»Sicher«, erwiderte Hunter höhnisch und tippte lässig mit dem Lauf seiner Waffe an seinen Helm. »Wie jedes Mal, Carl.«

Einen Moment sah es so aus, als wollte Carl auf Hunter losgehen.

»Lasst es gut sein, Jungs«, schaltete sich jetzt derjenige ein, der zuerst aus dem Spiel gewesen war. »Ich hab' jetzt Lust auf ein kühles Bier. Wie sieht's aus?«

Hunter zog Helm und Schutzbrille ab.

»Gute Idee, Doug. Ich bin verdammt durstig.«

Alle drei machten sich gemeinsam auf den Weg zum Umkleideraum, ihre Ausrüstung unter dem Arm.

»Bist du am Wochenende wieder auf dem Schießstand?«

Doug sah Hunter dabei von der Seite an, doch dieser schüttelte mit dem Kopf.

»Geht nicht. Muss leider arbeiten.«

»Okay, dann ein anderes Mal. Hast du deine Heckler & Koch schon eingeweiht?«

Hunter zeigte seine Zähne mit einem breiten Grinsen.

»Aber klar, was denkst du denn. Du kannst sie gerne beim nächsten Mal selber ausprobieren.«

»Freu mich drauf!«

Doug stieß die Tür mit dem Fuß auf und ging voran. Carl hatte seit seiner Niederlage kein Wort mit den beiden anderen mehr gewechselt und folgte Hunter schlecht gelaunt in die Umkleide.

4
Begegnung auf dem Dach

Adam hängte die Jacke über seinen Drehstuhl und verstaute seine Umhängetasche unter dem Schreibtisch. Während er den Computer hochfuhr, um sich erneut an die Klassifizierung von Gesichtsausdrücken zu machen, streifte sein Blick für einen Moment die kleine Zimmerpflanze am Fenster – und blieb dann überrascht daran hängen: Pink leuchtete es ihm entgegen, denn der Kaktus hatte offenbar über Nacht Dutzende Knospen ausgebildet und stand zum Teil sogar bereits in Blüte. Nichts deutete mehr darauf hin, dass er noch am Vortag wirkte, als würde er keine 24 Stunden mehr überstehen.

Adam sah das als gutes Vorzeichen für seine Arbeit und nahm sich vor, mit frischer Motivation ans Werk zu gehen. Vorher beeilte er sich aber, vor dem Einloggen in der Büroküche noch schnell ein Glas mit Leitungswasser zu füllen und die Erde im Topf damit zu tränken.

Zu den ersten Nachrichten im Posteingang gehörte eine als wichtig markierte Info an alle Mitarbeiter, mit der Anweisung, für ein gutes Erscheinungsbild in ihren Abteilungen zu sorgen. Externer Besuch hatte sich angekündigt. McCarthy, offenbar CPO bei Schwarz Industries, war zu Vorverhandlungen für einen lukrativen Auftrag eingeladen worden und sollten durch Teile der Firma geführt werden.

»Schon gelesen?« rief Tom herüber. »Morgen müssen wir die guten Sneaker anziehen.«

»Ja, gerade« murmelte Adam, der direkt den Firmennamen in die Suchmaschine eingegeben hatte und die Ergebnisse las.

»Rüstungsunternehmen… Military Optics…«

Bald hatte er ein Bild von Jason McCarthy vor sich, Vorstandsmitglied und zuständig für strategischen Einkauf.

»Wusste gar nicht, dass CleerBloo irgendwas mit Waffen zu tun hat…?«

Tom lehnte sich in seinem Stuhl zurück, bevor er antwortete.

»Naja, eher indirekt – und sicher auch nicht von Anfang an. Da geht es wohl eher um sichere Informationssysteme, Bildauswertung, Zielerfassung, sowas in der Art.«

Er tippte ein paar Zeilen und ergänzte dann:

»Trish von gestern – du erinnerst dich? In ihrer Abteilung werden Sachen entwickelt, die ziemlich interessant sind für solche Firmen wie Schwarz.«

Stirnrunzelnd nahm Adam seine Arbeit wieder auf. Der Motivationsschub, den er heute zu Beginn durch den Anblick der plötzlichen Kaktusblüte verspürt hatte, war schon nach wenigen Minuten komplett aufgebraucht. Er war froh über jede kleine Ablenkung und erleichtert, als er sich endlich bis zur Mittagspause durchgekämpft hatte.

CleerBloo hatte für seine Mitarbeiter einen aufwändig gestalteten Dachgarten angelegt, der sich über mehrere Gebäude des Firmenkomplexes hinweg erstreckte. Er diente als Ort der Entspannung, bot Rückzugsmöglichkeiten für kleinere Besprechungen an der frischen Luft und Sitzgelegenheiten für eine kreative Pause. Zum Service gehörten auch Stände, wo es Sandwiches, Wraps und frisches Obst für die Angestellten gab.

Adam stand am gut gesicherten, breiten Rand des Flachdaches und blickte über die Dächer der Umgebung Richtung Horizont. Sollte das hier sein Leben für die nächsten Jahre bedeuten? Sicher, über die Arbeitsbedingungen konnte er sich nicht beklagen. Vielleicht sollte die derzeitige digitale Fließbandarbeit nur eine vorübergehende Aufgabe sein, bevor man ihm Tätigkeiten zuwies, die ihn stärker forderten.

Er fragte sich, wie sein Leben wohl verlaufen wäre, wenn er als Teil einer intakten Familie aufgewachsen wäre. Nicht zum ersten Mal in diesen Tagen zog er das Foto seines Vaters hervor und betrachtete es gedankenverloren. Glattrasiert, kurzer Haarschnitt, ein freundliches Lächeln. Der Blick direkt in die Kamera gerichtet, mit dunklen Augen so wie seine eigenen. Die Ähnlichkeit war offensichtlich. Adam fragte sich, welche charakterlichen Eigenschaften er wohl geerbt hatte...

»Adam…?«

Eine unbekannte Frauenstimme hinter ihm rief seinen Namen. Er drehte sich um: Auf der hohen Beeteinfassung hockte Trish, wie gestern in roten Schnürstiefeln, diesmal aber in Jeans und weißem T-Shirt, was ihrem Auftritt etwas weniger Dramatisches verlieh als der schwarze Look vom Vortag. Sie hielt eine angebissene Birne in der Hand und schaute ihn neugierig an.

»Wie gefällt's dir bei CleerBloo?«

Adam war verwirrt über die plötzliche Kontaktaufnahme.

»Ähm, gut soweit. Kann nicht klagen…«

Er näherte sich Trish bis auf einen knappen Meter, um nicht zu laut reden zu müssen.

»Ich bin übrigens Trish. Willkommen in der Mannschaft!«

»Ich weiß, danke. Woher kennst du denn meinen Namen?« wollte Adam wissen.

»Du scheinst meinen ja auch zu kennen, oder? Also könnte ich dich das Gleiche fragen« grinste Trish ihn an und biss noch einmal herzhaft in ihre Birne. Kauend deutete sie mit einem Finger auf ihre Augen.

»AR-Linsen, Produkt des Hauses sozusagen. Ich bekomme Infos eingeblendet – und dein Gesicht ist halt in der Firmendatenbank. Ist alles nicht so geheimnisvoll.«

Nach einer kurzen Pause fügte sie hinzu:

»Du hast auch keine Lust auf das Kantinenessen...?«

»Das Essen ist in Ordnung«, erwiderte Adam. »Ich bin lieber ein bisschen alleine.«

»Ah, verstehe. Ich störe also...«

»So war das nicht gemeint« beeilte sich Adam klarzustellen.

»Schon in Ordnung.« Trish lächelte ihn freundlich an. »Ich mag es auch nicht besonders, unten im Lärm zu sitzen.«

Sie musterte Adam interessiert.

»Darf ich fragen, was du da hast?«

Sie wies auf das Foto in seiner Hand.

Adam zögerte kurz, ob er dieser Fremden Einblicke in sein Leben gewähren sollte, aber bei ihr fühlte es sich irgendwie nicht falsch an. Sie hatte eine ungewohnt offene Art, wirkte aber nicht oberflächlich, sondern aufrichtig interessiert. Er reichte ihr das Bild und setzte sich neben sie.

»Das ist – oder war – mein Vater. Er ist ein paar Tage vor meiner Geburt gestorben.«

»Das tut mir leid...«

Sie schaute lange auf das Foto in ihrer Hand, bevor sie es Adam zurückgab. Dabei schien es ihm, als würde sie für einen Sekundenbruchteil gedanklich abschweifen, bevor sie ihn fragte:

»Was ist denn passiert?«

»Ein Motorradunfall. Ein Van hat ihn beim Abbiegen übersehen...«

Adam steckte das Foto wieder ein. Die unvermeidliche Stille, die sich nach so einem Gesprächsthema einstellte, ließ ihn nach anderen Dingen suchen, über die sie sich unterhalten konnten.

»Was genau machst du eigentlich bei Cleer-Bloo?« fragte er sie schließlich.

»Ich bin in der Entwicklungsabteilung. Mein Spezialgebiet ist Mustererkennung. Also zum Beispiel dein Gesicht automatisch als solches zu erkennen – und zwar so schnell wie möglich. Wir setzen das in unseren Augmented-Reality-Linsen ein. Kunden brauchen sowas in der Logistik, beim Warten komplexer Anlagen oder beim Militär.«

Trish kaute noch einmal an ihrer Birne herum.

»Jeder Kunde ist dann in seinem eigenen Layer unterwegs – er sieht dann genau das eingeblendet über seinem Sichtfeld, was nur er sehen soll.«

»Verstehe, also Anleitungen, Anweisungen und sowas.«

»Genau, oder auch wichtige Zusatzinformationen, Markierungen, Klassifizierungen. Es gibt ziemlich viele Einsatzmöglichkeiten.«

Sie saßen einen Moment schweigend nebeneinander. Adam wusste, dass seine Pausenzeit sich dem Ende näherte, aber er wollte die Gelegenheit nutzen und suchte nach einem anderen Thema. Trish kam ihm zuvor:

»Dieses Bild von deinem Vater…«

Man merkte, dass es ihr schwerfiel, weiterzusprechen.

»Ich muss noch einmal darauf zurückkommen. Ich habe dieses Foto schon einmal gesehen.«

Adam starrte sie verdutzt an.

»Aber – wie soll das möglich sein?«

»Ich kann es mir auch nicht erklären. Aber was solche Dinge angeht, habe ich ein verdammt gutes Gedächtnis.«

Zurück an seinem Arbeitsplatz, fiel es Adam noch schwerer als sonst, sich zu konzentrieren. Er mochte Trish, wusste aber nicht, was er von ihr halten sollte, seit sie das Foto erneut angesprochen hatte. Sie hatte in etwa sein Alter, konnte seinen Vater also unmöglich gekannt haben. Ebenso wenig kam eine Meldung mit diesem Foto in der Zeitung in Frage, die sie gesehen haben könnte. Ein Jahrbuch aus gemeinsamer Schulzeit der Eltern vielleicht, durch das sie als Kind zuhause geblättert hatte? Was für ein unglaublicher Zufall das wäre. Das ergab alles einfach keinen Sinn. Sie musste sich irren. Dieses fotografische Gedächtnis, das sie sich selbst zuschrieb, war wahrscheinlich doch nicht so ausgeprägt, wie sie glaubte.

Adam zuckte ein wenig zusammen, als er eine breite Hand auf seiner Schulter spürte.

»Na, wie läuft's, Adam?« fragte Charles, sein Abteilungsleiter. Ohne eine Antwort abzuwarten, fuhr er fort:

»Weißt du eigentlich, was du da siehst?«

Er deutete auf den Bildschirm und das gerade angezeigte Gesicht. Ein weiteres Paar fremder Augen sah ihn direkt an.

»Du denkst vermutlich, das sind alles Fotos realer Menschen. Aber in Wahrheit ist es viel spannender: Unser Programm hat aus Tausenden von Porträtfotos, die als Grundlage dienten, eigene Gesichter generiert. Niemand existiert, der exakt so aussieht wie auf einem dieser Fotos. Unsere Künstliche Intelligenz oder KI, nennen wir es der Einfachheit halber so, lernt also, wie Gesichter aussehen, Nasen, Ohren, Münder, Proportionen, Hauttöne, und welche Variationsmöglichkeiten es gibt. Daraus setzt sie dann bei Bedarf unendlich viele neue Gesichter zusammen, die von echten nicht zu unterscheiden sind.«

Man merkte Charles an, wie sehr ihn das Thema begeisterte, und wie er Adam mit seiner Euphorie anstecken wollte.

»Das sind dann alles gewissermaßen Chimären…?« warf Adam ein, der an die zusammengesetzten Wesen aus der griechischen Mythologie dachte.

»Wenn du so willst. Und jetzt lernt unsere KI, die generierten Gesichter mit glaubhafter Mimik zu versehen. Hier kommst du ins Spiel.«

Charles stellte sich seitlich neben Adam, damit er ihn ansehen konnte.

»Bei dir durchlaufen die Gesichter eine erste Prüfung. Die Mimik muss schließlich vor allem Menschen überzeugen können. Das Ergebnis wird protokolliert und dient später auch als Klassifizierung. Im nächsten Schritt bringen wir eine weitere KI ins Spiel. Sie wird mit Hilfe der von dir markierten Bilder darauf trainiert, Mimik zu erkennen – und zwar solche, die aus menschlicher Wahrnehmung glaubhaft wirkt. Später können wir diese zweite KI nicht nur verwenden, um – ohne deine Unterstützung – Gesichter anhand ihres Ausdrucks Emotionen zuzuordnen. Egal, ob von echten Menschen oder Chimären, wie du sie nennst. Sie kann außerdem dabei helfen, die Ergebnisse der ersten KI zu beurteilen. Ab diesem Moment können die beiden Programme in eine Art Wettstreit treten, um immer bessere Ergebnisse zu erzielen: Das eine generiert die Gesichter, mit dem es das andere überzeugen muss. Am Ende haben wir hochspezialisierte Systeme für menschliche Mimik.«

Mit begeisterter Miene beendete er seinen Vortrag:

»Spannend, oder?«

»Wow, echt interessant!« stimmte Adam zu, und bemühte sich dabei, überzeugend zu klingen.

»So – dann will ich dich nicht weiter von deiner Arbeit abhalten!« sagte Charles und ging schnellen Schrittes zurück in sein Büro, das nur durch Glaswände von seinem Team getrennt war.

Die Anspannung fiel von Adam ab, als er endlich wieder alleine vor seinem Bildschirm saß. Tatsächlich fand Adam durchaus interessant, was er über den Hintergrund seiner Aufgabe erfahren hatte. Das änderte allerdings wenig daran, dass ihn die Tätigkeit zutiefst langweilte. Daher hielt die vorübergehend gesteigerte Konzentration nicht lange an, und seine Gedanken schweiften erneut immer wieder ab. Er konnte es kaum erwarten, den Arbeitstag hinter sich zu bringen und nahm sich vor, sein Versprechen einzulösen und seine Mutter zu besuchen.

5
Druckerprobleme

Pam und Dan. Dan und Pam. Die Kombination klang schon ein wenig seltsam, aber das war ja nichts, was ihn interessieren musste. Adam saß auf allen Vieren unter dem altmodischen Schreibtisch der beiden und stellte sicher, dass alle Kabel eingesteckt und am richtigen Platz waren. Bei jemandem wie seiner Mutter wusste man nie. Vielleicht war alles in Ordnung mit dem Drucker, aber stattdessen einfach nur ein Anschluss gelockert. Aus dem Nebenzimmer hörte er den Fernseher plärren.

»Adam, dein Boss ist im Fernsehen!« rief seine Mutter herüber.

»Wer?« ächzte Adam, während er wieder unter dem Schreibtisch hervorrobbte.

»Dieser Clay. Scheint ja ein richtiger Menschenfreund zu sein.«

Adam hörte, wie sie die wohltätigen Projekte und Stiftungen von Thomas Clay aufführten, Philanthrop und Kunstmäzen, um dann zu Bildern vom Empfang bei einer Benefizgala überzuleiten. Offensichtlich zugunsten Kinder mit seltenen Erbkrankheiten.

»Ach so. Das ist nicht mein Boss. Ihm gehört die Clay Holding, zu der wiederum meine Firma gehört.«

»Sag ich doch. Sie sagen, er war damals Gründer von CleerBloo.«

»Ja, kann sein. Sag mal, wann hast du zuletzt etwas ausgedruckt?«

Adam ging hinüber zu seiner Mutter, die fasziniert den Klatsch aus der Welt der Reichen verfolgte. Gerade zeigten sie ein lächelndes Paar auf dem roten Teppich.

»… Clays Tochter, Sonya McCarthy, in einem atemberaubenden schwarzen Abendkleid aus silberdurchwirktem Chiffon…«

Der Kerl neben ihr im Maßanzug musste der CPO von Schwarz Industries sein, der mit unnatürlich weißem Lächeln in die Kameras blickte. Das also sollte der Manager sein, der die Firma besichtigen würde. Dann war die Zusammenarbeit zwischen den Firmen offenbar schon weiter fortgeschritten, dachte Adam. Obwohl er nicht wusste, ob Sonya McCarthy überhaupt im Unternehmen tätig war. Vermutlich trieb sie sich hauptberuflich auf Wohltätigkeitsveranstaltungen herum.

»Also, Mom – kümmern wir uns jetzt mal um den Drucker?«

Adam hörte laute Motorengeräusche und sah durch das Fenster zum gepflegten Vorgarten. Er beobachtete, wie Dan in seinem eindrucksvollen Pickup die Auffahrt hochfuhr. Die Fensterscheiben vibrierten, bis Dan den Motor des Dodge Ram abstellte und ausstieg. Er dachte an sein Apartment und war froh, dass wenigstens seine Mutter hier bei

Dan ein angenehmeres Leben in einer anständigen Wohngegend führen konnte.

Später, beim gemeinsamen Abendessen, nutzte Adam die Gelegenheit, sich noch einmal für die Vermittlung des Jobs zu bedanken. Er hütete sich, undankbar zu sein und davon zu erzählen, wie trostlos und langweilig die Tätigkeit in Wahrheit war.

»Freut mich, dass es geklappt hat, Adam!«

Dan schaufelte sich noch eine Portion auf den Teller und zwinkerte ihm dabei zu.

»Das ist zwar kein Job für ausgewachsene Männer, herumsitzen und ein bisschen mit der Maus klicken, aber echte Arbeit ist halt nicht so dein Ding, was?« lachte Dan ihn an.

In jedem Fall teilten sie nicht denselben Humor, oder was auch immer das sein sollte. Adam lächelte gezwungen und aß schweigend weiter.

»Ich bin froh, dass er jetzt einen vernünftigen Job hat.« stellte seine Mutter heraus, um zu verhindern, dass die Stimmung kippte. Sie stand auf und legte einen Moment ihren Arm um Adam und küsste ihn seitlich auf den Kopf, bevor sie in die Küche ging, um ihr Glas aufzufüllen.

6
Abschied ohne Tränen

Ein Gesicht war Adam zugewandt, unvollständig wie ein Klumpen Spielknete, den man gerade erst in eine grobe Form modelliert hatte, um jetzt die Feinheiten herauszuarbeiten. Asymmetrisch, wie entstellt von krankhaften Wucherungen und Schwellungen. Als wäre das nicht bereits unheimlich genug, flogen wie aus dem Nichts die Gesichtszüge von allen Seiten heran, schienen zu probieren, ob sie passten. Manche lösten sich auf, andere drehten sich, bis sie die passende Stelle gefunden zu haben schienen. Mit blankem Entsetzen, unfähig sich zu bewegen, beobachtete Adam, wie sich Stück für Stück ein Gesicht aus den Einzelteilen bildete, das mehr und mehr seinem Vater ähnelte. Und dann war es soweit – alle Elemente der unbekannten Bilddatenbank saßen an ihrem Platz und sein Vater blickte ihn an wie auf dem Foto, das Adam immer mit sich trug. Kälte erfasste Adam, kroch sein Rückgrat hinauf in seinen Nacken, als er sah, wie grüne Triebe sich wie Würmer aus Mund und Nase wanden. Tentakelartig kamen sie hervor, wurden immer dicker und zahlreicher. Auch aus den Ohren und Augen drängten sie nun und überwucherten das unbewegte Gesicht wie Efeu, das im Zeitraffer eine Hauswand eroberte. Adam wollte vor Entsetzen schreien, aber kein Laut verließ seine Kehle. Er war gezwungen stumm mitanzusehen, wie sein Vater über und über von grünen Ranken bedeckt wurde. Als nur noch ein undurchdringlicher Haufen von Vegetation übrigblieb, bildeten sich überall Knospen, die sich schließlich zu leuchtend roten Blüten öffneten.

Diese schrecklichen Momente, die Adam heute Nacht im Schlaf durchlebt hatte, ließen ihn auch am folgenden Morgen während der Arbeit nicht los. Die ständige Beschäftigung mit den Chimären der KI von CleerBloo hinterließ offenbar ungesunde Spuren in seinem Geist, dachte er sich. Wie lange würde er das noch aushalten können, ohne dass seine Psyche erste Schäden nahm? Sein Blick wanderte hinüber zu seinem stillen Beobachter, dem Zimmerkaktus. Noch immer stand er in prächtiger Blüte. Ein kleines Wunder, beinahe ein Zeichen – doch die positive Veränderung, die Adam auf sein Leben hatte projizieren wollen, blieb darin bisher aus.

Aus den Augenwinkeln sah er, dass sich ein Hinweis vom unteren Bildschirmrand her in seinen Arbeitsbereich schob, um seine Aufmerksamkeit auf eine soeben eingegangene Nachricht zu lenken. Er öffnete den Posteingang und sah sofort die als wichtig markierte E-Mail von Charles. Darin wurde er »freundlich« aufgefordert, seine Tätigkeiten zu unterbrechen und umgehend in das Büro seines Vorgesetzten zu kommen. Adam musste seine Fantasie nicht sehr bemühen, um zu verstehen, was das bedeutete. Er loggte sich aus und stellte sich dem folgenden Gespräch mit Charles in seinem großen Aquarium.

»Du weißt, in erster Linie habe ich Dan einen Gefallen getan« seufzte Charles und lehnte sich mit bedauerndem Gesichtsausdruck zurück. »Wir können wirklich gut jemanden gebrauchen, der unser Team unterstützt, aber du zeigst einfach nicht die nötige Einsatzbereitschaft.«

Adam versuchte gar nicht erst, zu widersprechen oder sich zu rechtfertigen. Er schwieg einfach und hoffte, das Gespräch würde zügig zum Ende kommen.

»Deine Arbeitsgeschwindigkeit ist nicht zufriedenstellend – vorsichtig formuliert. Deine Klassifizierungen sind nicht immer zuverlässig; offensichtlich fällt es dir schwer, dich zu konzentrieren.«

Charles klickte irgendetwas auf seinem Bildschirm herum, als wollte er die längst getroffene Entscheidung mit weiteren Fakten untermauern, um sie für Adam nachvollziehbarer zu machen.

»Ich wollte ursprünglich schauen, ob du dich steigern kannst, und dich zu stärkerem Fokus auf deine Arbeit motivieren. Aber ich denke, das hat alles keinen Zweck.«

Charles schaute Adam direkt an.

»Ganz sicher bist du ein cleverer Kerl. Aber – und darüber sind wir uns vermutlich einig – das hier ist einfach nicht deine Art von Arbeit. Ich habe den Eindruck, du willst einfach nicht.«

Charles zögerte kurz, als wartete er auf Protest. Dann fuhr er fort:»Und das ist das Gegenteil von dem, was wir hier bei CleerBloo von unserer Mannschaft erwarten. Hier brennt man für seine Arbeit, will mit allen anderen zusammen mit vollem Einsatz nach vorne, an die Spitze.«

Resigniert senkte Adam seinen Blick, ließ seine Augen ziellos über den Schreibtisch wandern und wartete geduldig auf das Ende dieses Monologs...

Adam hatte keine persönlichen Dinge auf seinem Schreibtisch angehäuft oder irgendetwas mit Nachfolgern zu regeln. Er holte also nur seine Tasche, verabschiedete sich kurz von Tom und den anderen Kollegen seiner Abteilung und machte sich dann durch die Flure von CleerBloo auf den Weg nach draußen. Kurz bevor er den Eingangsbereich erreichte, hörte er schnelle Schritte hinter sich und sah sich um: Trish beeilte sich, ihn einzuholen. Überrascht hielt er an und wartete.

»Hey Trish, was gibt's?«

»Adam, ich war gerade in deiner Abteilung, wollte mit dir sprechen« erklärte sie, etwas außer Atem. »Tom sagte mir, was los ist.«

»Schon okay, mach dir keine Gedanken...« wollte Adam ansetzen, um einer mitleidigen Verabschiedung zuvorzukommen.

»Verstehe, war schon klar, dass das nicht dein Ding ist« unterbrach sie ihn direkt. »Ich wollte dir etwas zeigen; leider sind private Nachrichten über das Firmennetzwerk nicht gestattet. Kann ich dir gleich was schicken?«

Adams Gesicht hellte sich auf, er freute sich, dass Trish über die Firma hinaus Interesse an ihm hatte und in Verbindung bleiben wollte. Sie tauschten schnell Kontaktdaten aus, bevor Trish sich entschuldigte:

»Ich muss leider direkt wieder zurück. Schreib dir später!« Sie lächelte ihm zum Abschied kurz zu, aber über Sympathie – oder Zuneigung? – hinaus las Adam noch etwas anderes aus ihrem Ausdruck, etwas, das sie beschäftigte und das geklärt werden musste. Er wollte schon fragen, worum es ging, aber sie hatte sich bereits umgedreht und eilte wieder zurück an ihren Arbeitsplatz.

7
Vorzeichen

Selten war Adam der Heimweg im Pendlerzug so lang vorgekommen. Immerhin waren die Abteile kaum gefüllt, so dass er seine Ruhe hatte und freie Platzwahl. Doch seine Stimmung verdüsterte sich von Station zu Station. Verspürte er anfangs noch eine Mischung aus Resignation und Erleichterung darüber, dass er nicht mehr tagelang Gesichter kategorisieren musste, schoben sich nun immer mehr die negativen Seiten dieser Entwicklung in den Vordergrund. Einer Entwicklung, die er selber entscheidend beeinflusst hatte, darüber war er sich klar. Diesen wenig anspruchsvollen Job hätte er mit ein wenig gutem Willen noch eine ganze Weile machen können. Und nun stand die ganze Kette unvermeidlicher Folgen bevor: Er musste weiterhin Miete zahlen, also begann die Suche nach einer ausreichend bezahlten Anstellung erneut. Wer weiß, was ihn dann erwartete – sollte er überhaupt in nächster Zeit etwas finden.

Er lehnte seinen Kopf an die vibrierende Scheibe und starrte geistesabwesend hinaus. Der Zug verlangsamte und fuhr in die nächste Station ein.

Früher oder später musste er auch seiner Mutter davon erzählen. Sie würde enttäuscht sein. Sich Sorgen machen um seine akute Lage, aber auch um seine weitere Zukunft. Und dann war da noch Dan.

Eine große Buche schob sich in sein Sichtfeld, die dicht an den Stufen hinunter zur Straße wuchs. Ihre mächtige Krone bewegte sich leicht im Wind.

Er würde Dan gegenüberstehen und eingestehen müssen, dass er es vermasselt hatte. Dan hatte sich für ihn eingesetzt, und er hatte den Job in den Sand gesetzt. Undankbar und entweder unfähig oder unwillig. Es begann in ihm zu gären. Was hatte dieser Mann überhaupt über sein Leben zu urteilen? Nur weil er zufällig mit seiner Mutter zusammen war, wollte er sich einmischen, sich womöglich eine Vaterrolle anmaßen? Er fühlte, wie sich die Wut in ihm wie eine brodelnde Flüssigkeit ansammelte und ihn durchströmte. Am liebsten hätte er sie schreiend herausgelassen.

Mit zornig zusammengezogenen Brauen fixierte er die eindrucksvolle Buche und ballte seine Hände zu Fäusten. Was für ein Glück, dass er das Abteil ganz für sich hatte, und keine nervigen Mitreisenden hier waren, die einen Streit hätten provozieren können. Adam befürchtete, in seiner momentanen Gemütslage hätte er sie nur wegen einer Kleinigkeit unkontrolliert angeschrien. Er versuchte, seine Atmung zu kontrollieren und sich zu beruhigen, als ein Ruck durch das Abteil ging und der Zug langsam anfuhr. Aus den Augenwinkeln sah Adam, wie einzelne Buchenblätter durch die Luft segelten. Mehr und mehr Blätter lösten sich aus der Krone. In wenigen Augenblicken verlor die stolze Buche einen großen Teil seines Blattwerks, als hätte ihn ein starker Herbstwind erfasst und durchgeschüttelt – aber gerade neigte sich erst der Frühling dem Ende zu. Adam beobachtete das ungewöhnliche Schauspiel, das ihn jetzt aus seinen Gedanken riss, mit ungläubigem Staunen. Für einen kurzen, aber sehr intensiven Moment meinte er, den Baum spüren zu können: Wie das Licht warm auf seine Rinde schien, seine Ausläufer tief im Erdreich wurzelten und Feuchtigkeit und Nahrung aufnahmen. Wie mit einem schicksalshaften Schlag alle Blätter, die eben noch jeden Sonnenstrahl genüsslich aufgesogen hatten, von ihm gerissen wurden, und ein Schock ihn durchlief, von der Krone bis zu den feinsten Verästlungen seiner Wurzeln. Spielte ihm seine Wahrnehmung einen Streich? Hatte er in letzter Zeit zu lange auf Bildschirme gestarrt?

Als der Zug die Station hinter sich ließ, fiel zwar Adams Spannung von ihm ab, zusammen mit seiner Wut – aber er fühlte sich stattdessen schlagartig schlapp und antriebslos, auch ein wenig schwindelig. Er nahm sich vor, das bald einmal untersuchen zu lassen. Bevor er sich darüber weitere Sorgen machen konnte, informierte ihn ein Signal aus seiner Tasche über eine eingegangene Nachricht. Trish hatte geschrieben. Eigentlich war es nur ein einzelner Link, dem Adam sofort folgte. Eine Website öffnete sich, genauer: eine dieser kostenpflichtigen Datenbanken voller Stock-Fotografien, aus denen sich Werbeagenturen und Webdesigner gerne bedienen, wenn sie Zeit und Ausgaben für selbst erstelltes Bildmaterial vermeiden wollen. Im ersten Moment war Adam irritiert, was er damit anfangen sollte, aber dann erkannte er, dass bereits Suchparameter vorgegeben waren. Die Ergebnisliste zeigte kleine Voransichten der Fotos: Er sah nebeneinander einen Zimmermann in passender Kluft, einen Klempner mit Rohrzange im Blaumann, einen konzentriert arbeitenden Anzugträger vor einem Computerbildschirm und einen Bräutigam, der seine Braut in Weiß küsste… Auf jedem Bild war es das identische männliche Model. Sein Vater.

Stirnrunzelnd schrieb Adam zurück:

»Mein Vater war ein Foto-Model? Davon wusste ich nichts. Wie hast du das gefunden?«

Statt einer Antwort schickte Trish einen weiteren Link. Dieser führte direkt auf eine große Ansicht eines einzelnen Stock-Fotos. Das hier war genau das Foto, das Adam seit Jahren mit sich führte. Hier aber übersät mit Wasserzeichen des Anbieters, um unbezahltes Kopieren zu erschweren. Mit einem Schlag durchfuhr ihn die Erkenntnis: Das war nie ein privates Foto für seine Mutter gewesen. Hastig suchte er auf der Seite nach Informationen zum Bild. Es war zwar schon vor vielen Jahren hochgeladen worden, aber dieses Foto und dieser Mann waren eindeutig nicht alt genug. Wahrscheinlich war nicht einmal die ganze Website so alt wie Adam. Ihm stockte der Atem. Er fühlte sich noch immer schwach und schwindelig, aber nun bahnte sich erneut Wut ihren Weg. Seine Mutter hatte ihm etwas vorgemacht? Sein ganzes Leben lang?! Ihm ein Foto eines völlig beliebigen Mannes als das seines Vaters präsentiert? Es fühlte sich an, als wäre sein komplettes Leben eine schlechte Inszenierung, eine Lüge.

Wieder eine Nachricht von Trish: »Tut mir leid. Das ist sicher ein Schock. Aber ich wusste, ich habe das Gesicht schon einmal gesehen.«

Er las es, aber sah sich nicht in der Lage, zu antworten. Seine Gedanken kreisten wild. Er musste seine Mutter zur Rede stellen. Was hatte sie sich dabei gedacht, ihn so zu täuschen?

»Was hast du jetzt vor?« schrieb Trish weiter. »Mach nichts Unüberlegtes, vielleicht hatte deine Mutter ihre Gründe.«

Und dann, nach einer kurzen Pause: »Lass uns nach der Arbeit was trinken und reden, OK?«

Adam hatte keine Lust, in dieser Situation über seine Gefühle zu sprechen. Er war noch viel zu sehr damit beschäftigt, die neuen, überwältigenden Informationen zu verarbeiten und seine Schlüsse daraus zu ziehen. Daher schrieb er nur kurz:

»Heute nicht, danke für alles. Melde mich.«

8
Leidensgenossen

Regungslos saß Adam auf seinem Sofa und stierte ins Leere. Mehrere offene Packungen ungesunder Snacks lagen um ihn herum verteilt. Er hatte dringend Energiezufuhr benötigt, als er entkräftet nach Hause gekommen war. Den Job zu verlieren hatte ihn nicht besonders schockiert, auch wenn die Nachwirkungen unangenehm werden würden. Es war ohnehin klar gewesen, dass er sich bald nach etwas anderem hätte umsehen müssen. Viel mehr zu schaffen machten ihm sein gesundheitlicher Zustand und die Erkenntnis, dass zentrale Dinge, die er über sein Leben zu wissen geglaubt hatte, schlicht falsch waren. Schlimmer noch, er war bewusst getäuscht worden – vom einzigen Menschen, der von seiner Familie noch übrig war.

Adam konnte nicht länger stillsitzen. Er sprang auf und ging im Raum hin und her. Er beschloss, sich später mit seiner Mutter und der konstruierten Familiengeschichte auseinanderzusetzen. Zunächst wollte er mehr darüber herausfinden, was mit ihm selbst los war. Dazu nahm er sich seinen Laptop und überlegte, wie er mehr in Erfahrung bringen konnte. Er hatte plötzliche Schwächeanfälle mit Schwindelgefühlen. Das alles verbunden mit starken Halluzinationen. Der Baum, der plötzlich Laub abwarf, die Vorstellung, seine Empfindungen nachfühlen, sich regelrecht in den Baum einfühlen zu können. Das alles klang ziemlich absurd. Es würde nicht einfach werden, hierzu etwas zu finden. Adam befürchtete außerdem, dass diese Symptome ihn wahrscheinlich nicht zu einer körperlichen Ursache führen würden. Er machte sich darauf gefasst, passende Beschreibungen einer psychischen Erkrankung zu finden.

Er verbrachte eine ganze Weile damit, auf unterschiedlichsten Websites, in Online-Ratgebern und Nachschlagewerken zu recherchieren. Einiges schien passend. So deckten sich etwa die Schilderungen von Unterzuckerung bei Diabetikern teilweise mit seinen Schwächeanfällen. Aber das komplette Bild stimmte nie überein. Schließlich versuchte er es mit einer Selbsthilfegruppe, in der Nutzer sich anonym ihre psychischen Probleme schilderten und sich gegenseitig Unterstützung bei Selbstdiagnose und Hinweisen auf eine geeignete Therapie gaben. Auch hier fand Adam trotz intensiver Suche keinen Eintrag, der ihm weiterhalf. Aber er legte selbst einen neuen Eintrag an, in dem er versuchte, so präzise und sachlich wie möglich zu beschreiben, was er erlebt und empfunden hatte. Alleine das Gefühl, sich anderen mitteilen zu können, ohne seine Identität preiszugeben, verbesserte Adams Stimmung deutlich. Er schrieb sich gewissermaßen einen Teil seiner Probleme von der Seele, warf Ballast ab. Er las seinen Text noch einmal, bevor er ihn im Diskussionsforum veröffentlichte. Zufrieden mit dem Ergebnis und der Erleichterung, die er verspürte, gab er den Beitrag frei. Damit beendete er die Recherche für diesen Tag. Mittlerweile war es ihm auch nicht mehr ganz so wichtig, ob sich überhaupt jemand dazu äußerte und eine Antwort für ihn hatte. Es fühlte sich an wie eine selbstauferlegte Therapie, die bereits in der ersten Sitzung Erfolge zeigte. Er hatte sich selbst etwas geistige Ruhe gespendet und konnte den Tag weniger aufgewühlt abschließen.

Der nächste Morgen hätte eine gute Gelegenheit sein können, auszuschlafen und dann mit neuer Energie zu planen, wie es in seinem Leben weitergehen könnte, vor allem in Hinblick auf seine berufliche Zukunft. Doch Adams Schlaf war unruhig gewesen. Ungefähr zur gewohnten Zeit, ohne dass ihn ein Weckton aus seinen Träumen reißen musste, schälte er sich aus der Bettdecke. Er fühlte sich nicht sonderlich vital, aber immerhin nicht mehr so ausgelaugt wie am Vorabend. Der Gedanke an ein Frühstück reizte ihn nicht, aber er startete den Tag aus Gewohnheit wenigstens mit einem heißen Kaffee. Noch mit dem dampfenden Becher in der Hand schaute er nach eingegangenen Nachrichten. Zu seiner Überraschung gab es bereits eine Benachrichtigung über eine Antwort aus dem Forum. Er hatte schon erwogen, sich mit dem Thema nicht weiter zu befassen, sollte sich so etwas wie dieses Erlebnis gestern nicht wiederholen. Jeder hatte so seine Probleme, gerade in Zeiten schwerer psychischer Belastung. Und wann, wenn nicht an diesem speziellen Tag, sollte eine solche außergewöhnliche Stresssituation gewesen sein? Und wie oft konnte es in seinem Leben zu einer Kombination solch ungünstiger Umstände noch kommen? Dennoch war er neugierig, was andere zu seinem Erlebnis zu sagen hatten.

Schnell hatte er sich mit seinem nichtssagenden Nutzernamen eingeloggt und öffnete die öffentliche Antwort auf seinen Forenbeitrag.

»Das ist genau das, was ich auch erlebt habe!!! Und nicht nur einmal!!! Sollen wir uns per PN austauschen? S.« schrieb eine SarahB83, garniert mit einer Reihe von Emojis. Adam zögerte nicht lange und öffnete das verknüpfte Nutzerprofil, das es offenbar erst seit gestern Nacht gab. Vielleicht hatte sie seinen Beitrag gelesen und sich dann erst dazu entschlossen, sich im Forum zu registrieren. Sie war nicht online. Trotzdem schickte er ihr einen kurzen Gruß per Privatnachricht wie vorgeschlagen und überlegte, die Wartezeit auf eine Antwort mit einem Sandwich zu überbrücken. Doch es dauerte nicht lange, bis SarahB83 sich meldete; sicher hatte auch sie direkte Benachrichtigung bei Antworten und Privatnachrichten im Forum aktiviert.

»Hey, gut dass du schreibst. Ich glaube, wir haben dasselbe Problem. Kannst du noch mal genau beschreiben, wie das bei dir abläuft?«

Adam konnte es kaum glauben, so schnell jemanden gefunden zu haben, mit dem er sich austauschen konnte. Bereitwillig schilderte er ihr noch einmal in allen Details, wie aufgebracht er war wegen seiner Situation; wie er das Gefühl hatte, er könne sich in den Baum versetzen, wie es schien, als ob er seine Blätter verlor und danach seine Kräfte schwanden.

»Ja, das kenne ich« schrieb sie direkt. »Ist dir das schon einmal passiert?«

Er hatte bereits »Nein« getippt, als er innehielt. Kurze Zeit vorher hatte er doch eine recht ähnliche Situation erlebt, als er den ausgedörrten Kaktus im Büro angestarrt hatte… Auch da hatte es ihm geschienen, als würde er dessen Energielosigkeit spüren. Und die unverhoffte, plötzliche Blütenpracht, die ihm später auffiel, war auch so eine Anomalie gewesen. Womöglich ebenfalls eine Halluzination – aber eine dauerhafte…? Unsicher beschrieb er Sarah auch diese Episode.

Nun begann sie, ein wenig mehr von sich preiszugeben. Sie erzählte, wie sie einen blühenden Strauch angesehen hatte, ihre ganze Wut, die sie wegen persönlicher Probleme hatte, auf ihn projizierte und dieser mit einem Mal wie im Zeitraffer verwelkte. Danach hatte sie sich schwach gefühlt und mit Schwindel zu kämpfen.

Adam wurde mit einem Mal klar, was sie auf den Punkt brachte. Die Veränderung an den Pflanzen sollte direkte Folge einer Einwirkung auf sie sein, die von Sarah ausging? Also ausgelöst durch eine Form von Fernwirkung, alleine von ihrem Geist gesteuert? Und erst das hatte sie geschwächt.

Hatte sie noch schlimmere Wahnvorstellungen als er? Oder beschrieb sie einfach nur eben das, was er eigentlich auch erlebt hatte, aber mit genauerem Blick für Zusammenhänge, für Ursache und Wirkung?

»Du meinst... Du denkst, du warst in der Lage, diesen Busch nur mit deinem Verstand zu manipulieren?«

»Genau. Ich habe ihn mit meinem Verstand getötet.«

Adam erstarrte. Er wollte diese andere Person als Irre abstempeln, aber er konnte sich der Möglichkeit nicht komplett verschließen, dass er genauso war: Er hatte dieselben absurden Wahnvorstellungen.

Sie ergänzte mit einer weiteren Nachricht:

»Und du hast diese Fähigkeit auch.«

Ein Gedanke jagte den anderen. Fähigkeit?! Diese Frau war vollständig überzeugt von diesem Irrsinn. Musste er selbst sich womöglich ebenfalls Rat bei einem Therapeuten suchen? Und was – diese abwegige Idee bahnte sich immer wieder seinen Weg durch sein Bewusstsein – wenn sie beide wirklich eine solche Fähigkeit hatten?

»Wir sollten uns treffen. Wo wohnst du?« schrieb sie jetzt, die dritte unbeantwortete Nachricht in Folge. Adam versuchte, sich zu sammeln. Ein direktes Gespräch konnte nicht schaden, zum Austausch, aber auch, um Sarah besser einschätzen zu können. Er wollte aber keinesfalls irgendeiner unbekannten Verstörten Zugang zu seinem Apartment geben. Sie wohnte offenbar in der Umgebung, wie sich im Gespräch zeigte, also schlug er als Treffpunkt ein nahes Café vor. Sie einigten sich auf den frühen Nachmittag; er musste ja nun keine Rücksicht mehr auf seinen Job nehmen.

9
To go

Während er in einem bequemen Sofa in der wohnzimmerartigen Atmosphäre des Cafés saß, ließ Adam seinen Blick über die anderen Gäste schweifen. Zu dieser Zeit war es nicht gut besucht, ein älterer Herr tippte an seinem Laptop herum, eine Mutter blätterte in einer Zeitschrift, während sie ihren Kinderwagen einhändig leicht zum Schaukeln brachte. An der Theke holten sich ein paar Eilige ihren Kaffee in Bechern zum Mitnehmen. Sarahs Selbstbeschreibung passte auf keinen der Gäste. Der verführerische Duft von frisch gemahlenem Kaffee half Adam dabei, sich zu entspannen und dem Treffen weniger nervös entgegenzublicken.

»Adam?«

Es war jemand vom Café, der ihn rief – sein Kaffee war zubereitet; er holte ihn von der Theke ab und setzte sich damit wieder an seinen Stammplatz. Er schaute auf sein Display: keine weitere Nachricht. Ihn plagten zaghafte Gewissensbisse, weil er sich nicht mehr bei Trish gemeldet hatte. Warten musste er ohnehin, also nutzte er die Gelegenheit.

»Hey Trish«, begann er. »Danke noch mal für deine Recherche! Hab' auf dich gehört und noch nicht mit meiner Mom gesprochen. War gestern echt wütend. Werd sie mal in aller Ruhe fragen, was das alles sollte.«

Er rechnete so bald nicht mit einer Antwort, schließlich musste sie gerade bei der Arbeit sein.

»Ich mag meine Mom ja, es muss einen guten Grund geben.«

Aus einer Laune heraus schickte er ihr ein Foto seiner Mom, gespeichert von ihrem aktuellen Profilbild.

»Das ist sie.«

Adam schaute auf die Uhrzeit – Sarah hatte sich deutlich verspätet. Er saß nun schon eine knappe Stunde hier und hoffte darauf, dass sich diese möglicherweise komplett Verrückte blicken ließ. Hatte sie es sich anders überlegt? Wenn sie so merkwürdig war, wie er vermutete, hatte sie vielleicht soziale Phobien oder etwas in der Art. Allerdings war es ihr Vorschlag gewesen, sich zu treffen. Und das sogar nach recht kurzer Zeit… Wenn etwas Unvorhergesehenes passiert war, hätte sie schreiben können. Er wurde allmählich ärgerlich. Vielleicht machte sich einfach jemand über ihn lustig? Er machte seiner Verärgerung Luft und schickte Sarah – falls sie überhaupt so hieß – im Forum eine Privatnachricht. Fragte sie in knappen Worten, warum sie nicht auftauchte. Nach weiteren 15 Minuten, als weder etwas von Sarah zu sehen war noch eine Antwort von ihr eintraf, entschloss er sich, aufzustehen und zu gehen. Draußen auf der Straße sah er sich noch einmal in beide Richtungen um und schlug dann den direkten Weg nach Hause ein.

10
Hunter II

Als er die Zündung betätigte, sprang der Motor verlässlich an. Nicht der satte, blubbernde Sound eines schönen uramerikanischen Muscle Cars, den er sich gewünscht hätte. Aber immerhin hatte Hunters Boss allen Dienstwagen einen Look verpasst, der Ehrfurcht gebietend nach Polizeifahrzeug aussah. Natürlich ohne die offiziellen Farben und Insignien und stattdessen mit dem wappenähnlichen Firmenlogo an den Seiten und auf der Kühlerhaube. Hunter liebte das Gefühl, damit durch die Straßen zu patrouillieren. Wenn er an Gruppen von nichtsnutzigen Jugendlichen vorbeifuhr, reduzierte er sein Tempo immer auf Schrittgeschwindigkeit. Das verfehlte nie seine Wirkung auf den Abschaum. Ihr schlechtes Gewissen stand ihnen in ihre Gesichter geschrieben. Weiß Gott wie viele Einbrüche oder schlimmeres er alleine dadurch schon verhindert hatte.

Nachdem er seine übliche Route mit kleinen Variationen gefahren war, hielt Hunter nahe beim Eingangstor einer ihrer Kunden. Er griff nach dem Reisebecher mit dem heißen Kaffee. Zeit für eine kleine Pause, die er mit seinem Auftrag Objektschutz verbinden konnte. Während er mit der Linken vorsichtig an seinem Kaffee nippte, schaltete er sein Smartphone ein. Es gab neue Nachrichten von Ted. Äußerst interessante Nachrichten. Die Gruppe brauchte Hunters Hilfe im Dienste der Sache. Er lächelte vor sich hin und nickte. Jetzt konnte er zeigen, wie man mit diesen Abartigkeiten umgehen musste. Schnell tippte er seine Antwort in den Chat und nahm einen letzten Schluck, bevor er seine Route fortsetzte.

11
Jemand anders

Adam klingelte bei seiner Mutter. Er hatte eine Zeit gewählt, zu der Dan noch nicht zu Hause war, aber spät genug, damit er sich keine lästigen Fragen anhören musste, weshalb er nicht bei der Arbeit war. Er hatte wenig Lust zu eröffnen, dass er seinen neuen Job bereits wieder verloren hatte – aus eigener Schuld. Dennoch wollte er mit ihr über seinen Vater sprechen. Persönlich, mit der Möglichkeit, ihr dabei in die Augen zu sehen, aber ohne den Zorn, der noch gestern jedes vernünftige Gespräch unmöglich gemacht hätte.

Nach der herzlichen Begrüßung durch seine Mutter und ein paar belanglosen Floskeln kam Adam direkt zur Sache:

»Mom, wir müssen noch mal über Dad reden…«

Erstaunt sah sie ihn an.

»Was meinst du?«

»Gibt es etwas, das du mir sagen möchtest?«

»Ich verstehe nicht… Was willst du denn wissen, Adam?«

»Wie ist das damals gewesen: Ist er wirklich bei einem Unfall gestorben?«

Irritiert schaute sie ihn an, ihre Augen wanderten unruhig über sein Gesicht, wie um zu ergründen, was ihn dazu veranlasst haben könnte, dieses Thema anzusprechen.

»Aber ja… Es war schrecklich. Ich wollte nicht mehr, dass er Motorrad fährt. Gerade als ich mit dir schwanger war. Und ausgerechnet dann musste es passieren…«

Sie wandte ihr Gesicht ab und blickte abwesend aus dem Fenster. Adam spürte, wie es in seiner Hosentasche vibrierte. Irgendeine Nachricht hatte ihn erreicht, nichts, was jetzt wichtig sein konnte.

»Mom.« holte Adam seine Mutter zurück in die Gegenwart und legte seine Hand auf ihren Arm. »Das Foto von ihm, das du mir gegeben hast – das ist nicht Dad.«

»Unsinn!« rief sie unvermittelt und schaute ihn mit zusammengezogenen Brauen an. »Wer sollte das denn sonst sein?«

Jetzt wurde auch Adam etwas lauter.

»Hör auf damit! Ich weiß, dass er das nicht ist. Das ist irgendein verdammtes Foto aus dem Internet. Also…?«

Sie presste die Lippen zusammen, drehte sich von ihm weg und schwieg. Adam wartete ab, ließ die Stille für sich sprechen.

»Du hast Recht.« sagte sie schließlich leiser. Adam meinte, eine gewisse Bitterkeit aus ihrer Stimme zu hören, als sie fortfuhr:

»Es war jemand anders.«

Erneut machte sie eine kurze Pause. Dann drehte sie sich um und sah Adam an. Immer noch mit ruhiger Stimme stellte sie klar:

»Ich will nicht darüber sprechen.«

»Mom…« setzte Adam an, aber sie unterbrach ihn sofort.

»Nein, Adam. Vielleicht irgendwann, aber nicht jetzt.«

Wortlos zog Adam das Foto aus seiner Tasche, abgenutzt und jetzt wertlos. Er schaute noch einmal auf das Gesicht des Fremden, mit dem er so lange sehnsüchtige Gedanken an seinen Vater beschworen hatte. An das Leben, das hätte sein können.

Demonstrativ achtlos warf er das Foto auf den Tisch, drehte sich wortlos um und verließ das Haus, ohne sich zu verabschieden.

12
Überraschender Besuch

Am frühen Abend wurde Adam in seinem Apartment von der Türklingel überrascht – ein sehr seltenes Ereignis, seit er hier eingezogen war. Es wunderte ihn nicht weniger, Trish vor seiner Tür zu sehen, was ihm deutlich anzusehen war. Bevor er Fragen stellen konnte, kam sie ihm schnell zuvor. Es sprudelte nur so aus ihr heraus, ohne ihm eine Möglichkeit zu geben, ihren Redefluss zu unterbrechen.

»Hoffentlich störe ich nicht; ich habe deine Adresse aus der Firmendatenbank. Jaja, ich weiß, ist nicht ganz... Aber egal: Du hast meine Nachricht nicht gelesen – ich denke, wir sollten reden. Ich habe ein bisschen herausgefunden...«

Adam fühlte sich überrumpelt, aber er war gleichzeitig neugierig, was sie denn unbedingt persönlich klären wollte. Jeden anderen Ex-Kollegen, der sich so benahm, hätte er für einen schrägen Stalker gehalten. Aber zu Trish gab es irgendeine noch undefinierbare Verbindung. Also nickte er nur und ließ sie hinein.

Sie hatten kaum Gelegenheit, sich zu setzen, schon quoll Trish über vor Informationen, die sie innerhalb kürzester Zeit vermitteln wollte.

»Du weißt, ich kenne mich ein bisschen aus mit Mustererkennung und solchen Dingen. Und nach der Geschichte mit dem – angeblichen – Foto von deinem Vater war ich ehrlich gesagt neugierig. Also hab ich mir das Bild von deiner Mutter eben auch mal genauer angesehen.«

Adam sah sie scharf an. Im Grunde war ihr Vorgehen ziemlich dreist, aber er war gespannt, zu welchem Ergebnis sie gekommen war.

»Ich dachte, vielleicht finde ich ja etwas über deine Eltern raus. Also, deine Mom und deinen wirklichen Dad.«

Sie sammelte sich kurz; offenbar überlegte sie, wie sie die Vorgänge einem Laien einfach erklären konnte.

»Natürlich gab es bei der Suche ein paar Treffer aus aktueller Zeit, soziale Netzwerke und so. Völlig klar. Ich kann aber nicht nur eine einfache Suche nach ähnlichen Bildern starten, sondern in den Parametern auch Alterungsprozesse berücksichtigen. Unsere Algorithmen erlauben einige interessante Optionen. Bis vor kurzem musste man noch viele *False Negatives* aussortieren, also vermeintliche Treffer, die keine sind. Mittlerweile sind wir aber Weltklasse beim Identifizieren. Da gibt es inzwischen kaum noch falsche Ergebnisse.«

Sie schob schnell ein: »Ich will dich nicht langweilen, nur damit du weißt, wie verlässlich das Ganze ist. Ich habe also ein paar Suchen gestartet. Mit älterem Datum habe ich zunächst nichts Brauchbares gefunden. Bei einem Suchlauf hatte ich allerdings vergessen, ein Häkchen bei den Suchkriterien zu entfernen, um damit interne Datenbanken auszuschließen. Und da war es: Ein älteres Foto von deiner Mutter. Ich habe sie sofort wiedererkannt, obwohl sie darauf noch so viel jünger ist.«

Adam starrte sie verblüfft an.

»Du willst mir sagen, sie hat mal bei CleerBloo gearbeitet?«

»Nein, nein. Entschuldige, ich muss etwas genauer werden.« entschuldigte sich Trish. »Sie muss etwas mit irgendeinem anderen Unternehmen der Clay Holding zu tun haben. Oder mit einem Projekt, möglicherweise irgendetwas Vorübergehendes, das in der Zwischenzeit eingestellt worden ist. Das lässt sich eigenartigerweise nicht sagen; der Treffer wird zwar in den Ergebnissen aufgeführt, aber alle Details sind als vertraulich klassifiziert. Dazu habe ich keine Freigabe.«

Adam wusste nicht, was er mit diesen Informationen anfangen sollte: »Aber… Was bedeutet das denn?«

Trish zuckte mit den Schultern.

»Das wüsste ich auch gerne. Ich hasse es, wenn Fragen unbeantwortet bleiben.«

Sie überlegte kurz, dann sagte sie:

»Ich habe einen guten Freund, der helfen könnte. Der vielleicht an Informationen kommt, die uns verschlossen bleiben.«

Trish schaute Adam prüfend an:

»Willst du das überhaupt? Ich lasse meine Finger sofort von der Sache, wenn du nichts darüber wissen willst.«

Adam war sich ganz und gar nicht sicher, ob er das wollte. Momentan schien ihm jeder den Boden unter seinen Füßen wegreißen zu wollen. Aber er musste nach all den Ereignissen und Entdeckungen endlich einmal Klarheit bekommen. Wer waren seine Eltern eigentlich? Was bedeutete das für ihn selbst? Er nickte langsam und bedächtig. Trish fuhr daher fort:

»OK, der Typ ist ein ziemlich guter Hacker. Eigentlich als *White Hat*, also um Schwachstellen in der Sicherheit von Systemen aufzuspüren und zu beseitigen. Sozusagen einer der Guten. Aber manchmal sind seine Fähigkeiten auch sonst ganz hilfreich«, grinste sie. »Ich lass dich für heute alleine, du musst das alles sicher erst mal verdauen.«

Sie war schon auf dem Weg zur Tür, als ihr noch etwas einfiel:

»Ach ja, da wäre noch etwas. Du weißt, ich trage diese AR-Linse, die wir verkaufen. Ich kann zwar nicht sehen, was auf den privaten Layern unserer Kunden ist, aber ich kann immerhin sehen, falls etwas markiert wurde. Ist nicht ganz konform mit unseren Datenschutzrichtlinien, aber für die Programmierung und Fehlersuche manchmal ganz praktisch. Nun ja, jedenfalls ist dein Apartment von irgendwem markiert worden.«

Adam legte seinen Kopf leicht schräg und sah Trish fragend an. »Ist das schlecht?«

»Eigentlich nicht. Aber es ist schon ungewöhnlich. Es gibt halb-öffentliche Markierungen, etwa von städtischen Diensten wie Müllabfuhr, Stadtwerken, Wasserversorgung oder so etwas. Dann könnte ich aber auch sehen, wer dich markiert hat. Aber nicht-öffentliche Markierungen sind für eine Privatadresse in – nimm's mir nicht übel – so einer Gegend echt ungewöhnlich. Bei einer Arztpraxis oder so etwas vielleicht. Aber nicht hier.«

Sie versuchte ihn etwas zu beruhigen, als sie sah, wie sich Unsicherheit in seiner Mimik ausbreitete. »Klar, es gibt auch Kriminelle, die einen eigenen Layer einrichten, um Informationen über lohnende Einbruchsziele weiterzugeben. Die sind ja geschützt und selbst die Behörden kommen ohne die passende Iris nicht auf einen privaten Layer. Aber sowas hast du vielleicht in Villenvierteln oder anderen Stadtteilen, wo sich so ein technischer Aufwand lohnt. Ist also extrem unwahrscheinlich, dass es etwas in der Art ist.«

»Wollen wir es hoffen«, murmelte Adam. »Sagst du mir Bescheid, wenn dein Freund noch etwas herausfindet?«

»Mach ich. Und du, mach dir keine Sorgen wegen der Markierung. Vielleicht habt ihr ja einen extrem fortschrittlichen Immobilienverwalter«, scherzte sie und verabschiedete sich von Adam.

13
Verstörende Nachrichten

Es war erstaunlich, wie viel Müll sich innerhalb kurzer Zeit in einer so kleinen Wohnung ansammeln konnte. Adam hatte den halben Morgen damit verbracht, alles in Ordnung zu bringen. Putzen und Aufräumen schienen ihm reizvollere Aufgaben, als nach einem neuen Job zu suchen. Das würde er später in Angriff nehmen, sobald er den Kopf wieder frei hatte. Und das hatte er dringend nötig. Sein Apartment wieder vorzeigbar und wohnlich zu machen schien ihm dazu ein guter Anfang. Zumal die körperliche Arbeit ihm dabei half, seinen Geist neu zu sortieren. Es hatte etwas Meditatives, einfache Dinge mit den Händen zu verrichten, während im Kopf die Gedanken ungehindert umeinanderkreisen konnten. Gerade hatte er die leeren Verpackungen von Fertiggerichten und Snacks in einem Müllbeutel gesammelt und brachte sie nun hinunter zu den großen Containern des Wohnblocks. Auf der Treppe kam ihm Padme entgegen, bepackt mit Einkaufstüten. Sie war sichtlich überrascht, Adam zu dieser Zeit zu begegnen.

»Adam, guten Morgen!« rief sie ihm zu, während sie die Einkäufe vor ihrer Tür abstellte, um in ihrer Tasche nach dem Schlüssel zu suchen. »Wie geht es dir? Hast du einen freien Tag?«

»Hallo Padme, leider nein. Ich bin meinen Job los.«

»Oh, das tut mir leid«, versicherte ihm Padme. »Ich hoffe, du findest schnell etwas Neues.«

»Danke, das hoffe ich auch«, bestätigte Adam. »Die Miete zahlt sich nicht von allein. Wir sehen uns!«

Adam lächelte sie zum Abschied an und stieg weiter mit seinem Müllbeutel hinunter. Während Padme den Schlüssel in der Tür drehte, rief sie ihm hinterher:

»Ich frage Arijit, ob er einen Job für dich hat. Er ist stellvertretender Filialleiter im Supermarkt, nicht weit von hier. Vielleicht können sie jemanden gebrauchen!«

»Das wäre fantastisch, vielen Dank!« erwiderte Adam erfreut. Das klang zwar nicht nach einem Traumjob, aber er war froh über jede Möglichkeit, einen Teil seiner Miete aufbringen zu können. Alles war besser als die Art von Bildschirmarbeit, die er jetzt hinter sich gelassen hatte. Und sicher würde er bald einen anderen Job finden, der etwas mehr einbrachte.

»Adam, es tut mir leid. Bitte entschuldige! Du hast natürlich jedes Recht darauf zu wissen, wer dein Vater ist.«

Seine Mom telefonierte eigentlich lieber, als Nachrichten zu schicken. Adam vermutete, dass sie länger überlegt hatte, was sie sagen oder schreiben sollte, und in Ruhe etwas hatte in Worte fassen wollte. Der zweite Teil folgte wenige Sekunden später:

»Ich kenne ihn aber selbst nicht. Ich weiß, das klingt merkwürdig und anders, als es gemeint ist. Lass es mich dir bitte erklären, wenn du mich das nächste Mal besuchst.«

Das klang nun wirklich merkwürdig – sie wusste es nicht? Adam schaltete das Display aus und massierte sich die Schläfen. Er wollte sich eigentlich gar nicht vorstellen, wie es dazu kommen konnte, dass sie es nicht wusste. Die Möglichkeiten, die sich aufdrängten, waren alle nicht besonders erfreulich. Er wusste nicht, was er darauf antworten sollte, ohne sich oder sie erneut aufzuregen, und Nachfragen aus der Ferne wollte sie ja offensichtlich vermeiden. Also schrieb er nur ein knappes »OK« als Antwort.

14
Parkplatz-Gedanken

Kopfschüttelnd beobachtete Adam die beiden Männer, die sich durch die geöffneten Fenster ihrer Autos anschrien. Sie hatten beide eine Parklücke ausgemacht und beanspruchten jeweils ihr Anrecht darauf. Als ob es auf dem riesigen Gelände keine anderen Möglichkeiten gab, sein Fahrzeug abzustellen. Er schob eine Reihe von Einkaufswagen vor sich her, die Kunden sich am Eingang des Supermarkts genommen, aber weiter weg nach dem Umladen in den Kofferraum abgestellt hatten, um Laufwege zu vermeiden. Nun quollen sie meterweit aus den Stellflächen für Einkaufswagen bis weit über die Fahrbahn zwischen den Parkreihen. Immer wieder mal musste er dieses Ungleichgewicht korrigieren und die fehlenden Wagen an einem Ende des Parkplatzes mit den überschüssigen Wagen des anderen Endes auffüllen.

Auffüllen war überhaupt sein Stichwort. Bei anderen Gelegenheiten fuhr er Paletten mit neuen Waren durch die Gänge und sortierte Dosen, Tuben, Kartons, Flaschen oder Päckchen in die Regale. Altes nach vorne, Neues nach hinten.

Das alles war nicht fordernder, als Gesichter zu klassifizieren. Besonders kreativ oder erfüllend war es auch nicht. Aber der Sinn war zumindest unmittelbar nachvollziehbar. Außerdem war er immer in

Bewegung und nicht einen kompletten Arbeitstag lang wie auf einen Stuhl gefesselt, gezwungen, in ein und derselben Körperhaltung zu verharren, von ein paar Fingerbewegungen abgesehen. Obendrein hatte er den Kopf frei, um dabei über sein Leben nachzudenken. Für einen typischen Bürojob wäre er ohnehin zu beschäftigt damit gewesen, die jüngsten Veränderungen und verwirrenden Erkenntnisse auf sich wirken zu lassen. Immer noch hatte er keine Idee, wer sein Vater sein könnte, wenn er es überhaupt jemals erfahren würde. Und dann war da diese Spinnerin aus dem Forum. Mit Wahnvorstellungen, die er offenbar mit ihr teilte, und die vielleicht seine größte Sorge sein sollten.

Und nicht zuletzt gab es plötzlich Trish in seinem Leben. Vor wenigen Tagen noch irgendeine unbekannte Kollegin, und jetzt waren ihre Leben irgendwie verknüpft. Man könnte fast sagen, sie hätte sich ungefragt in sein Leben eingemischt, sich ihm aufgedrängt. Und sie war es auch, die alles auf den Kopf gestellt hatte. Ohne sie hätte Adam nie in Frage gestellt, dass sein Vater nicht die Person auf dem Foto war. Und dennoch mochte er sie von Anfang an. Sie war sehr offen, steckte voller ansteckender Energie und Neugier und schien äußerst intelligent zu sein. Sicher, sie war außerdem recht hübsch, hatte ein einladendes, manchmal verschmitztes Lächeln. Aber das war es nicht, was Adam anzog. Es war vielmehr ihre Art, ihr Wesen, das ihn eine Vertrautheit spüren ließ. Er fühlte sich in ihrer Nähe wohl. Während ihm seine Familie auf gewisse Weise fremd wurde: Ein Vater, der in einem Nebel aus Täuschung verschwand, und eine Mutter, die Grundwahrheiten seines Lebens vor ihm verbarg. Er hoffte, bald wieder von Trish zu hören, unabhängig davon, ob sie Neues herausgefunden hatte.

Begleitet von metallischem Scheppern schob Adam die letzten Einkaufswagen ineinander. Für heute war seine Arbeit beendet.

15
Aus den Angeln

Adam hatte für Padme und Arijit auf dem Heimweg noch eine Flasche Wein besorgt, um sich bei ihnen für ihre Hilfe zu bedanken, zusammen mit ein paar anderen Einkäufen für die nächsten Tage. Es war bereits etwas später geworden und das Tageslicht ließ schon nach. Sobald er die Tür zu seinem Apartment geöffnet hatte, schaltete er das Licht an und stellte die Einkaufstüten mit seinen Lebensmitteln ab. Er wollte es nicht zu spät werden lassen für einen kurzen Besuch bei den Nachbarn, also angelte er nur die Weinflasche aus den Einkäufen, steckte seinen Schlüssel ein und zog die Wohnungstür von außen zu. Auf den Stufen hinunter wurde er kurz unsicher. Wein war vielleicht doch keine so gute Idee gewesen – was, wenn ihr Glaube keinen Alkohol erlaubte? Er wusste nicht einmal, ob sie Hindu, Muslime oder überhaupt gläubig waren. Er überlegte noch, stand wenige Schritte von der Wohnung der beiden entfernt, als er ein lautes Klirren wie von splitterndem Glas hörte – von oben, aus seiner Wohnung. Er drehte sich erschreckt um. Danach ging alles rasend schnell. Mit einem ohrenbetäubenden Knall explodierte etwas dort oben, dass es die Tür aus den Angeln und Adam fast von den Füßen riss. Er spürte die gewaltige Erschütterung durch den Boden, hörte das Krachen von berstendem Holz und das Prasseln von kleinen Scherben und Splittern. Instinktiv duckte er sich und hob die Arme schützend vor sein Gesicht. Dann, nach diesem ersten Reflex, setzte der Schock ein.

Im Nachhinein wusste er nicht mehr genau, was danach alles passiert war. Arijit musste Hilfe gerufen haben, während Adam wie apathisch am Küchentisch bei Padme saß, die unversehrt gebliebene Weinflasche vor sich stehend. Sie hatten schnell reagiert, als sie nach draußen gestürmt waren und ihn auf dem Boden hockend vorgefunden hatten. Ein Chaos aus aufgeregten und verängstigen Hausbewohnern, die herumliefen und schrien, bestimmte die nächsten Minuten. Die Rettungskräfte trafen schnell ein; Feuerwehrleute stürmten die Treppen hoch, Bewohner wurden nach draußen geführt. Irgendwann saß auch Adam am Rand der Straße, jemand hatte ihm eine Decke umgehängt und einen Plastikbecher mit Kaffee in die Hand gedrückt. Polizei hatte die Straße zwischenzeitlich abgesperrt, Blaulicht warf hektisches Licht auf die Szenerie. Von hier unten wurde das Ausmaß deutlich: Sein Apartment lag komplett in Trümmern. Zum Glück hatte es keine großartige Brandentwicklung gegeben, so dass für andere Bewohner und ihre Wohnungen keine Gefahr mehr bestand. Die Explosion war außerdem nicht so stark gewesen, dass die Statik des Hauses hätte Schaden nehmen können, daher konnten allmählich alle Anwohner wieder in ihre Apartments zurückkehren.

Es dauerte eine Weile, bis Adam wieder einen klaren Gedanken fassen konnte. Das war eindeutig ein gezielter Anschlag auf sein Apartment gewesen. Er hatte gehört, wie vor der Explosion Scheiben splitterten, jemand hatte also etwas durch die Fenster geworfen. Und wer immer das war, musste beobachtet haben, wie er nach Hause kam und das Licht einschaltete. Nahm also an, dass er in der Wohnung war. Hier ging es also nicht um eine Warnung oder Einschüchterung, er hatte sterben sollen. Wie elektrisiert stand er ruckartig auf und verschüttete seinen Kaffee. Wer konnte seinen Tod wollen?! Er sah sich um, suchte argwöhnisch nach Augenpaaren, die ihn beobachteten. War derjenige noch hier? Oder zunächst geflüchtet, um jetzt nachzuschauen, ob er erfolgreich gewesen war?

Er streifte die Decke ab, stellte den Kaffeebecher auf den Boden und suchte nach einem Weg, hier herauszukommen. Vielleicht hatte man noch nicht herausfinden können, wem der Anschlag gegolten hatte? Ob es ein Opfer gab? Der größte Tumult hatte sich gelegt, aber es war noch viel Unruhe auf der Straße. Einsatzfahrzeuge standen quer, Schaulustige hinter den vereinzelten Absperrungen mischten sich mit Passanten, Einsatzkräfte waren zusätzlich damit beschäftigt, den Verkehr umzuleiten. Der

Bereich war nicht lückenlos abgeriegelt; wenn er einen günstigen Moment erwischte, konnte er unbeobachtet hier raus. Die Polizei wollte ihn sicher befragen, aber das musste jetzt warten. Das war womöglich seine einzige Chance, weiter als tot zu gelten – und zu verhindern, dass es der Attentäter noch einmal versuchte. Er schlüpfte hinter einen Rettungswagen, ging möglichst unauffällig in seinem Schatten an der gegenüberliegenden Hausfassade entlang und bog nach ein paar Schritten in eine Seitengasse ein, von der er wusste, dass er durch sie in eine Parallelstraße wechseln konnte. Er atmete auf, als er schließlich dort angelangt war, und drückte sich in einen Hauseingang.

Was sollte er jetzt machen? Er hatte gerade einen Anschlag überlebt, aber auch eine Wohnung verloren. Konnte er bei seiner Mutter Unterschlupf finden? Vermutlich keine gute Idee. Nicht nur wegen Dan; vielleicht brachte er sie ebenfalls in Gefahr. Jedenfalls musste er sie informieren. Sie durfte nicht zuerst aus lokalen Nachrichten davon erfahren.

Er hatte keine Geduld für einen Textchat, sondern rief sie direkt an. Sie hatte noch nichts von der Explosion gehört. Er versuchte ihr möglichst schonend, aber auch schnell und in klaren Worten deutlich zu machen, was passiert war. Natürlich war sie geschockt und fragte bald, wo er denn wohnen wolle. Adam schlug das erwartete Angebot aus, vorerst bei ihr und Dan unterzukommen. Er wollte sie nicht beunruhigen, durfte ihr aber auch nicht verschweigen, dass seine Anwesenheit sie möglicherweise in Gefahr bringen könnte.

»Aber… Wer kann denn wollen… Hast du irgendwas mit Drogen zu tun?« fragte sie entsetzt. »Bist du in Schwierigkeiten?«

»Offensichtlich bin ich in Schwierigkeiten, Mom!« stöhnte Adam. »Aber ich hab' keine Ahnung, was los ist, ehrlich. Ich hab' keine Gang-Kumpels oder was immer du dir vorstellst.«

Etwas ruhiger ergänzte er: »Mach dir keine Sorgen, ich komme schon irgendwo unter. Und dann melde ich mich wieder bei dir.«

Sie wechselten noch ein paar Worte zum Abschied, dann legte Adam auf. Trish hatte versucht, ihn in der Zwischenzeit zu erreichen. Er rief sie zurück.

Sie hatte nach ersten Meldungen über eine Explosion in der Stadt im Netz einige Videos von seinem Haus gesehen und wusste daher, dass etwas passiert war. Deshalb war sie erleichtert zu hören, dass er lebte und nicht verletzt worden war. Sie fragte ihn direkt nach Einzelheiten aus. Er schilderte, was geschehen war, und welcher Verdacht sich ihm aufdrängte – dass es jemand auf sein Leben abgesehen hatte. Auch Trish fragte ihn, wie schon seine Mutter, ob er in irgendetwas verwickelt war. Das schien wohl der erste Gedanke zu sein, der allen in den Sinn kam. Er wies das entrüstet von sich und erklärte, dass er ahnungslos sei.

»Meinst du, es hat vielleicht etwas mit der Suche nach deinem Vater zu tun?« mutmaßte Trish.

»Wieso sollte es? Und außerdem: Woher sollte irgendjemand davon wissen?«

»Mmh.« Trish überlegte und fuhr dann fort: »Jedenfalls hält man dich jetzt für tot – falls dich niemand danach gesehen hat. Das solltest du ausnutzen. Wieso kommst du nicht erst einmal zu mir…?«

»Danke, Trish, ich weiß wirklich gerade nicht, wohin.«

»Kein Problem.«

Sie nannte ihm ihre Adresse und beschrieb sicherheitshalber, wie er am besten dorthin kam. Adam sah sich noch einmal um, ohne zu wissen, vor wem er sich versteckte, dann machte er sich auf Weg. Er plante ein paar absichtliche Umwege ein, um eventuelle Verfolger zu verwirren, und bestellte dann ein paar Straßen weiter per App einen Fahrer an seinen Standort. Trishs Adresse lag am anderen Ende der Stadt, in einem erheblich besseren Viertel als das, in dem er wohnte. Oder vielmehr: … als das, in dem er einmal gewohnt hatte. Während er vom Rücksitz aus durch die Seitenscheiben die Lichter der Stadt vorbeiziehen sah, wurde ihm klar, dass er ganz sicher nicht mehr dorthin zurückkehren würde. Innerhalb weniger Tage hatte sich sowohl vor seine Vergangenheit als auch vor seine Zukunft ein undurchdringlicher Schleier geschoben.

16
Zuflucht

»Komm rein! Ich bin froh, dass du okay bist!«

Trish schloss die schwere Wohnungstür hinter Adam.

»Tja, das ist alles...« rang er nach Worten, während er sich nervös durch die Haare fuhr. »... unfassbar. Danke, dass du Zeit für mich hast.«

Er sah sich um, während er ihr weiter ins Wohnzimmer folgte. Schon von außen hatte man sehen können, dass ihn hier gehobene Verhältnisse erwarteten. Die Wohnung war äußerst modern, sehr stilvoll eingerichtet und ganz offensichtlich teuer, ohne protzig zu wirken. In Trishs Gehaltsklasse konnte man sich offenbar einiges leisten. Es zahlte sich sichtlich aus, gefragte Expertin in einem der erfolgreichsten IT-Unternehmen zu sein.

Trish fielen seine Blicke auf.

»Was hast du erwartet?« schmunzelte sie. »Eine schäbige Nerd-Wohnung mit Postern an der Wand und Pizzakartons auf dem Fußboden? Komm, setz dich«, lud sie ihn auf das Sofa ein. »Und atme erst mal durch. Ich hole uns was zu trinken.«

Als sie mit den Gläsern zurückkam, setzte sie sich schräg neben ihn, ihm zugewandt, und reichte ihm sein Glas.

»Zuerst: Du hast nichts abbekommen, oder? Keine Verletzungen?«

»Nein, alles okay.« Adam schüttete den Kopf. »Ich kann es nur einfach noch nicht fassen.« Er schwieg kurz, dann ergänzte er: »Warum das alles?«

»Das finden wir gemeinsam heraus«, meinte Trish mit fester Stimme. Etwas Dunkles sprang plötzlich neben Adam auf das Sofa, so dass er erschreckt zusammenzuckte. Eine schwarze Katze setzte sich direkt neben ihn und schaute ihn aus gelbgrünen Augen aufmerksam an.

»Jerry, willst du auch mal Hallo sagen?« flüsterte Trish ihrer Katze zu.

»Jerry?! Wie von Tom und Jerry?« lachte Adam und streichelte vorsichtig über ihr weiches Fell. »Aber Tom ist doch die Katze, oder?«

»Ja, genau. Und diese Jerry ist weder ein Kater noch eine Maus. Was stört dich daran?«

Beide genossen den friedlichen Anblick der Katze, die sich direkt an Adams Bein zusammenrollte und schnurrte. Dann nahm Trish den Faden wieder auf:

»Erzähl mir noch mal genau, was heute Abend passiert ist.«

Bereitwillig berichtete Adam, wie er nach der Arbeit nach Hause gekommen war, und was geschehen war, mit jedem Detail, an das er sich erinnern konnte.

»Bei deinem neuen Job können wir wohl ausschließen, dass ein Kollege dich beseitigen wollte, weil du seiner Karriere im Weg stehst«, scherzte Trish.

»Sehr witzig«, erwiderte Adam. »Hast du vielleicht auch was Hilfreiches?«

Trish dachte einen Moment nach. »Ich glaube, wir müssen weiter zurückgehen«, meinte sie. »Was hast du sonst in letzter Zeit gemacht? Wen hast du getroffen? Mit wem hattest du Kontakt?«

Adam musste eingestehen, dass sein Sozialleben recht überschaubar war. Er hatte die Zeit überwiegend zuhause verbracht. Er erzählte von seinem Besuch bei seiner Mutter und Dan. Trish hörte aufmerksam zu und hakte immer wieder nach, etwa, um sich Dan genauer beschreiben zu lassen. Was war er für ein Charakter, was machte er beruflich, wie stand er zu Adam? Schließlich fasste sie den Zwischenstand zusammen.

»Verstehe. Das Einzige, was wir im Moment haben, ist also die Suche nach deinem Vater. Vielleicht kommen wir mit diesem Thema bald weiter. Aber es ist wohl unwahrscheinlich, dass außer deiner Mutter noch jemand davon erfahren haben könnte. Und Dan scheint ja auch unverdächtig zu sein, oder?«

»Denke schon. Das macht für mich überhaupt keinen Sinn.«

Trish seufzte. »Wir kommen hier fürs Erste nicht weiter. Ich mach es dir jetzt mal ein bisschen bequemer, damit du dich heute Nacht gut ausruhen kannst.«

Sie sah ihn mit einer gehobenen Augenbraue noch einmal kurz an und schob dann hinterher:
»Ohne Hintergedanken, natürlich.«
»Ich kann wirklich hierbleiben? Das ist echt nett, Trish.«
Er hätte sicher eine Ecke zum Schlafen bei seiner Mutter bekommen können, wenn Dan einverstanden wäre. Falls allerdings jemand wusste, wer seine Mutter war, hätte es sie in Gefahr bringen können. Immerhin schien der Unbekannte brutal und skrupellos vorzugehen, um ihn zu beseitigen. Trish wusste, worum es ging.
»Ich vermute, du giltst noch als tot. Außerdem glaube ich kaum, dass dein Killer eine Verbindung zu mir und meiner Wohnung ziehen kann. Du bist hier vorläufig gut aufgehoben.«
Sie holte ihm Bettzeug, um das Sofa für die Nacht herzurichten. Dann hielt sie inne und schaute kurz zu Boden, bevor sie Adam wieder ansah: »Weißt du, uns verbindet vielleicht mehr, als du denkst. Ich bin von Adoptiveltern großgezogen worden. Meine leiblichen Eltern kenne ich nicht – falls es sie überhaupt noch gibt. Ich verstehe also ein wenig, was dich umtreibt.«
Trish sah aus, als wollte sie noch mehr sagen, schwieg dann aber. Allmählich bekam Adam eine Idee davon, was ihre besondere Verbindung ausmachen konnte. Er sah sie mit ernster Miene an, dann nickte er nur bedächtig und half ihr dabei, das Sofa in sein provisorisches Bett zu verwandeln. Sie

hatten ein wenig Mühe, Jerry dazu zu überreden, das Sofa freizugeben, sie hatte es sich dauerhaft dort gemütlich gemacht.

Als es überraschend klingelte und vibrierte, fühlte Adam sich gestört: Eine unbekannte Nummer rief an. Nach kurzem Zögern hob er ab – die Polizei wollte ihn sprechen:

»Adam Miller?« erkundigte sich eine dunkle Stimme. Sie hatten irgendwie seine Nummer herausbekommen und wollten ihn nun für eine ausführliche Befragung einbestellen. Die erste hätte schon vor Ort stattfinden sollen, aber er war mit einem Mal nicht mehr auffindbar gewesen. Außerdem verlangten sie auch nach seiner neuen Adresse. Er hatte Bedenken, seinen Aufenthaltsort mitzuteilen, zumal er auch an die Möglichkeit eines Tricks dachte. Konnte sich nicht jeder am Telefon als Polizeibeamter ausgeben? Also log er, dass noch nicht geklärt sei, wo er die Nacht verbringen konnte, und versprach, das bei der Befragung später anzugeben. Er notierte Uhrzeit und Adresse für den Termin bei der Polizei und legte auf.

Als er später im Dunkeln auf dem Sofa lag und Jerry neugierig an seinem Gesicht schnupperte, hatte er zum ersten Mal seit längerer Zeit das Gefühl, ein wenig zur Ruhe zu kommen. Es war ein beruhigendes Gefühl, dass Trish ihm zur Seite stand und er bei ihr so etwas wie einen sicheren Hafen gefunden hatte, wenn auch nur vorübergehend.

Der Besuch bei der Polizei am nächsten Tag war ermüdend und ernüchternd. Er musste eine Weile warten, dann nahm man seine Aussage auf. Der ganze Vorgang war langatmig und hatte zeitweise etwas Inquisitorisches. Er musste eine Reihe von Fragen beantworten, offenbar schloss man die Möglichkeit nicht aus, dass er seine Wohnung selbst in die Luft gejagt hatte, auch wenn es niemand explizit aussprach. Ihm war nicht klar, was sie sich vorstellten: Ob er eine Drogenküche betrieben haben und aus Versehen irgendeine Chemikalie hochgegangen sein sollte, ob es um Versicherungsbetrug ging, oder man ihn für einen irren Pyromanen hielt. So oder so, er kam sich nicht vor wie das Opfer eines Gewaltverbrechens, das nur knapp einem tödlichen Anschlag entkommen war. Eigentlich hatte er sich zumindest ein wenig Unterstützung erhofft. Von echten Gesetzeshütern, die interessiert daran waren, den wahren Täter zu finden und Adam in der Zwischenzeit bestmöglich zu schützen. Am Ende war er froh, die Polizeiwache überhaupt wieder verlassen zu dürfen, ohne selbst in Untersuchungshaft zu landen. Er machte sich wenig Hoffnungen, bis auf ein paar Rückfragen nach weiteren Dokumenten oder amtlichen Nachweisen jemals wieder etwas zu hören.

Den restlichen Tag hatte Adam damit verbracht, grundlegende Dinge wie Kleidung, Zahnbürste und andere Kleinigkeiten zu kaufen, die er in den nächsten Tagen brauchen würde. Zum Glück hatte er Geldbörse samt Kreditkarte und Ausweis sowie sein Smartphone noch bei sich getragen, als sein Apartment sich in Rauch aufgelöst hatte. So blieben ihm weitere lästige Wege zu den Behörden und andere Unannehmlichkeiten erspart.

Er informierte seinen neuen Arbeitgeber darüber, dass er damit beschäftigt war, sein Leben neu zu organisieren, und vorerst nicht erscheinen würde. Wie Adam sich dachte, war man bereits über das Ereignis und seine derzeitige Situation informiert und wünschte ihm alles Gute – verbunden mit dem Angebot, gerne wieder im Supermarkt anzufangen, sobald es die Umstände zuließen.

Erst zum gemeinsamen Abendessen traf Adam wieder mit Trish in ihrer Wohnung zusammen. Er hatte es zunächst abgelehnt, einen Schlüssel von ihr anzunehmen – er fürchtete, er musste trotz allem ein beinahe Fremder für sie sein und wollte ihr das Gefühl der Ungewissheit ersparen, was er während ihrer Arbeitszeit in ihrer Wohnung anstellen mochte. Zumal er ja seine eigene nicht gerade im besten Zustand hinterlassen hatte.

Sie hatten gemeinsam gekocht, wenn man eine einfache Zubereitung denn so nennen wollte, und aßen jetzt Chilibohnen in gebackenen Ofenkartoffeln. Fertigkeiten in kulinarischen Künsten waren wohl beiden fremd. Trish knüpfte irgendwann wieder an den Vorabend an und versuchte weiter herausfinden, was der unbekannte Täter für ein Motiv gehabt haben könnte.

»Vom Besuch bei deiner Mutter abgesehen – Pam, richtig? – hattest du keine weiteren Kontakte in letzter Zeit, oder...?«

»Nein«, bestätigte Adam. »Beinahe hätte ich jemanden getroffen, aber das hat nicht geklappt.«

Trishs Augen wurden schmal.

»Moment. Geht das bitte etwas genauer?«

»Klar.« Adam zuckte mit den Achseln. »Ich hatte mich mit einer Frau in einem Forum ausgetauscht. Wir wollten uns treffen, um bei einem Kaffee zu reden, aber sie ist nicht aufgetaucht.«

»Was denn für ein Forum? Adam, du musst mir schon helfen!« Trish wurde ein wenig ungeduldig. »Worum ging es da?«

Adam fühlte sich unbehaglich. Psychische Probleme vor anderen auszubreiten war nicht besonders angenehm, so sehr er Trish auch mochte.

»Also?!« bohrte sie weiter nach.

»Ich hatte in letzter Zeit so etwas wie Halluzinationen. Und Schwächeanfälle. Ich wollte einfach rausfinden, was es damit auf sich hat, bevor ich zum Seelenklempner gehe.«

Auf Trishs Drängen schilderte Adam genau, was er erlebt hatte und wie er alles in diesem Selbsthilfeforum preisgegeben hatte. Selbstverständlich nicht unter seinem vollen Namen. Trish schien sehr interessiert und folgte aufmerksam seiner Erzählung.

»Auf diese Sarah müssen wir später zurückkommen.« Doch zuerst wollte sie wissen: »Kannst du dir vorstellen, dass wir hier gar nicht über Wahnvorstellungen sprechen, sondern über eine verborgene Fähigkeit?«

Ohne eine Antwort abzuwarten, erkundigte sie sich weiter: »Kannst du dich an weitere Ereignisse dieser Art erinnern, vielleicht noch in deiner Kindheit?«

Adam wollte das schon als Unsinn abtun, aber er lehnte sich doch zurück und dachte in Ruhe nach. Dann sagte er:

»Ich erinnere mich an etwas… Eine Nachbarin hat öfter auf mich aufgepasst, wenn meine Mutter unterwegs war. Ich weiß noch, wie traurig sie darüber war, dass eine Zimmerpflanze eingegangen war, die sie seit Jahren hatte. Keine Ahnung, was es war… Jedenfalls habe ich noch vor Augen, wie aufgebracht meine Mutter war, als sie mich abholte. Mir war schlecht, und sie musste mich fast nach Hause tragen, so schwach war ich.«

Adam sah hinunter zu Jerry, die an seinen Beinen entlangstrich und seine Aufmerksamkeit einforderte. Er streichelte über ihren Rücken, den sie ihm entgegenstreckte.

»Dieser Schwächeanfall überstrahlt alles andere in meiner Erinnerung. Aber im Nachhinein wird mir klar, dass die Pflanze wieder kräftig und gesund aussah, als ich das nächste Mal dort war. Die Nachbarin war sehr glücklich darüber und nannte es ein kleines Wunder.«

»Das passt doch ins Bild! Vielleicht… Wenn du dir mehr Zeit gibst, fallen dir noch andere solcher Ereignisse ein, die du einfach vergessen hast.«

Sie schaute auf das Glas in ihrer Hand und drehte es nachdenklich im Licht der Deckenlampe.

»Wenn es hier wirklich um eine Fähigkeit geht – was ich langsam glaube – dann kostet sie offenbar viel Energie.«

Adam war noch nie in den Sinn gekommen, dass seine Schwächeanfälle das Ergebnis einer kräftezehrenden Fähigkeit sein könnten, und nicht das Symptom einer Krankheit.

»Adam, wir sprechen hier von einem verborgenen Talent. Ich glaube, so etwas läuft unter Psychokinese. Du bist dir dessen offenbar nicht bewusst, daher kannst du es nicht aktiv steuern. Noch nicht…«

Adam sah sie skeptisch an.

»Ist das dein Ernst?« fragte er ungläubig.

»Wer weiß. Wir sollten es einfach einmal ausprobieren, oder nicht?« Sie beugte sich vor und grinste ihn an.

»Jetzt, wo du weißt, was in dir steckt!«

»Was – jetzt?« Adam erschien die Vorstellung noch immer absurd, er solle mentale Kräfte haben, von denen er bisher noch nichts bemerkt hatte.

»Aber klar, warum denn nicht?« Trish schien jetzt ein bisschen aufgeregt. »Selbst wenn das alles Blödsinn ist, haben wir wenigstens ein bisschen Spaß dabei.«

Sie schob ihren Stuhl zurück, stand auf und sah ihn auffordernd an.

»Na los, lass uns rausgehen! Ich habe hier leider keine einzige Pflanze, aber um die Ecke ist ein Park.«

17
Strumpfhosen

Aus seinem eigenen Viertel war es Adam gewohnt, nach Einbruch der Dunkelheit alles zu meiden, was irgendwie nach Park aussah. Er fragte sich, ob das in besseren Gegenden mit ihren viel lohnenderen Opfern anders war. Vorsichtig schaute er sich um, während Trish beherzt ausschritt und sie etwas weiter in den Park hineinführte. Immerhin waren die Wege hier gut ausgeleuchtet, was zumindest ein Gefühl von Sicherheit vermittelte. Schließlich blieb sie vor einem halbrund angelegten Beet stehen, das von einer überdimensionalen Vogeltränke aus dunklem Stein flankiert wurde.

»Vielleicht fangen wir mit etwas Kleinem an...?« schlug Trish vor und wies auf das Beet. Die nächstgelegene Laterne schloss Beet und Tränke gerade so in seinen Radius ein, dass man noch die Farben einzelner Blüten erkennen konnte. Adam trat näher heran und ließ seinen Blick über den wohlüberlegten Mix aus verschiedenen Blumenarten wandern. Er hatte keinerlei botanisches Wissen, aber die Kombination unterschiedlicher Arten war gut gewählt. Einige Stauden blühten bereits in Farben, die bei vollem Tageslicht sicher eindrucksvoll gewesen wären, andere hatten ihren großen Auftritt noch vor sich. Wieder andere hatten offenbar ihre Blüten über Nacht geschlossen und würden sich erst mit den kräftigen Sonnenstrahlen des nächsten Tages wieder von ihrer schönsten Seite zeigen.

Adam suchte sich ein Büschel dieser schlafenden Pflanzen aus. Er fixierte es mit seinem Blick und stellte sich vor, wie er ihm den Befehl gab, zu wachsen. Er starrte es angestrengt an, ohne zu Zwinkern, bis seine Augen brannten, doch das unbekannte Grünzeug blieb unbeeindruckt. Nichts passierte. Adam stellte fest, dass er seinen Atem vor lauter Konzentration angehalten hatte und holte Luft. Der Wind ließ die Blätter im gesamten Beet ein wenig schaukeln. Adam schüttelte resigniert den Kopf.

»Das ist doch alles großer Quatsch.«

»Gib nicht direkt auf«, ermunterte Trish ihn. »Vielleicht musst du dir einfach mehr Zeit lassen. Und dich stärker einfühlen.«

»Na schön« erwiderte Adam und ging vor dem Beet in die Hocke. Er schaute sich die Pflanze genauer an. Die grünen Stängel, die aus dem kühlen Erdboden ragten und sich nach oben hin etwas verjüngten. Die Verzweigungen, aus denen tropfenförmige Blätter hervorgingen, mit einem leicht gezackten Rand und feinsten Härchen auf der gewölbten Oberfläche. Die zarten Blütenblätter, die sich nach innen geschlossen und ihre Unterseite nach außen gekehrt hatten. Die nun zusammen eine geschlossene Kapsel bildeten, die ihr Innerstes vor der Dunkelheit und der Kälte verbargen. Adam fühlte, wie die Blätter sich im Wind bewegten. Die entspannte Ruhe, die sie ausstrahlten. Sie übertrug sich mehr und mehr auf ihn, so dass er den Wunsch verspürte, sich selbst auf den Boden zu legen und seinen Körper in erholsamen Schlaf zu schicken. Dann wurde er sich wieder der Aufgabe bewusst, die er sich selbst gestellt hatte. Er sträubte sich gegen den einlullenden sanften Wind und die Ruhe der Nacht. Fühlte, wie er gegen einen leichten Widerstand ankämpfte; lange, hauchdünne Fasern durchströmte ein Impuls, dann öffneten sich zaghaft die Blütenblätter, bildeten einen Kranz und gaben den Blick auf das Innere der Blüte frei. Die Pflanze, was immer sie war, erwachte aus ihrer Nachtruhe und zeigte sich in ihrer ganzen Schönheit beim Schein des künstlichen Laternenlichts.

Trish hatte das Geschehen fasziniert beobachtet und sich nicht getraut, sich zu bewegen oder etwas zu sagen. Jetzt trat sie direkt neben Adam, der sich langsam aufgerichtet hatte, und packte ihn an den Schultern. Ihre Augen leuchteten, als sie euphorisch ausrief: »Unglaublich! Das ist einfach unglaublich! Wie fühlst du dich?«

»Gut... Ein bisschen schwindelig vielleicht.«

Adam musste lächeln. Er war selbst überwältigt von dieser neuen Erfahrung, willentlich Blüten dazu zu bringen, sich zu öffnen, völlig bewusst etwas außerhalb seines Körpers zu kontrollieren. Das hier war definitiv kein Zufall. Und einen Zeugen hatte er auch. Sein Lächeln wuchs zu einem Grinsen.

Jetzt wollte er etwas Größeres probieren. Er schaute sich um, bis er einen etwa mannshohen

Baum erblickte. Was konnte er noch alles bewirken? Er konzentrierte sich auf einen dicken Ast, der seitlich aus dem Stamm ragte und schräg nach oben gewachsen war; seine Zweige trugen viele Blätter. Er hatte nun eine ungefähre Vorstellung davon, wie er vorgehen musste, und nahm sich die Zeit, sich in den Baum einzufühlen. Gedanklich verfolgte er den Weg von den Wurzeln bis zu diesem einen Ast, der stark und fest seine Last trug. Er wollte einem bestimmten gedachten Punkt entgegenwachsen. Seine Kräfte sammeln, sich strecken und dehnen und mit seiner ganzen Länge auf dieses Ziel hin zusteuern. Und tatsächlich: Mit einem Rascheln der Blätter verlängerte sich der Ast, wuchs aus dem Stamm heraus um eine gute Handlänge und brachte die Zweige zum Wippen. Es sah aus wie in einem dieser Naturfilme, in der eine Kamera über Tage hinweg Aufnahmen im Zeitraffer macht. Adam konnte seinen Triumph gerade noch genießen, da wurde ihm schwarz vor Augen. Trish, die mit großen Augen zugesehen hatte, bemerkte, wie er taumelte. Sie stützte ihn und brachte ihn zu einer nah gelegenen Parkbank, auf die er sich fallen ließ. Dann kramte sie aus ihrer Tasche einen Schokoriegel heraus und ließ Adam davon abbeißen. Der Zucker gelangte schnell in seine Blutbahn und gab ihm einen guten Teil seiner Energie zurück. Innerhalb weniger Minuten hatte er sich wieder recht gut erholt. Sie sahen sich gegenseitig mit aufgeregt glänzenden Augen an.

»Das war wirklich Wahnsinn«, stellte Trish fest.

»Allerdings« stimmte Adam zu. »Sieht so aus, als hätte ich Superkräfte!«

»Jetzt wollen wir mal nicht übertreiben«, stutzte sie ihn zurecht und boxte ihm gegen die Schulter. »Am Ende willst du noch ein grünes Cape und Strumpfhosen.«

Sie mussten beide lachen über die absurde Vorstellung; aber es war auch die Anspannung, die von ihnen abfiel, nach diesen ereignisreichen Tagen und dieser jüngsten, überwältigenden Entdeckung. Sie umarmten und hielten sich kurz, einfach weil es sich richtig anfühlte.

»OK, es reicht für heute, denke ich«, zog Adam schließlich den Schlussstrich. Er war glücklich, was einigermaßen absurd war, nachdem er nun wusste, dass man ihm nach dem Leben trachtete. Aber so sehr er Trish mochte, er wollte irgendwie nicht, dass die Situation einen romantischen Anstrich bekam.

»Klar, lass uns gehen« stimmte sie zu und ging ein paar Schritte voraus, ihre roten Schnürstiefel glänzten dabei im Schein der Laternen. Adam war sich nicht sicher, ob ein wenig Enttäuschung aus ihrer Stimme sprach.

Auf dem kurzen gemeinsamen Rückweg erinnerte Trish noch einmal an den Eintrag im Internetforum:

»Adam, diese Sarah… Du sagtest, sie ist nicht bei eurem Treffen aufgetaucht. Sie könnte dich aber beobachtet haben und dir dann bis nach Hause gefolgt sein.«

Adam hatte auch kurz über diese Möglichkeit nachgedacht.

»Das ist schon möglich«, überlegte er. »Aber ich habe niemanden gesehen, auch nicht in der Nähe des Cafés.«

»Du meinst, keine Frau?« hakte Trish nach.

»Richtig« bestätigte er. Dann wurde ihm klar, worauf sie hinauswollte. »Oh…« sagte er nur. Natürlich hätte sich jeder als Sarah ausgeben können, um harmloser zu wirken oder einfach nur die eigene Identität zu verschleiern.

»Vielleicht hat – wer immer dir im Forum geantwortet hat – von Anfang an nur herausfinden wollen, wo du wohnst.«

Adam schauderte es bei dieser Vorstellung. Seine Naivität hatte ihn beinahe das Leben gekostet. Wenn er nicht die Flasche Wein als Dankeschön abgegeben hätte…

»Und vorher«, dachte er laut nach, »hat sie – oder er – noch einmal sicherstellen wollen, dass ich das richtige Opfer bin. Und mich ausgefragt, damit ich meine Probleme genau beschreibe. Aber ich verstehe den Grund immer noch nicht – das ist doch kein Motiv für einen Mord!?«

»Vielleicht finden wir das noch raus«, meinte Trish.

Den Rest des Weges hingen beide schweigend ihren Gedanken nach.

18
Biokinese

Adams Tag hatte früh begonnen. Zwar eher unfreiwillig, da Jerry ihn aus seinen Träumen geholt hatte. Hungrig war sie auf ihm herum gestapft, hatte ihn mit ihrer kalten Nase und später sanft mit den Pfoten angestupst und schließlich an seinem Haar geknabbert, nur um seine Aufmerksamkeit auf ihren leeren Futternapf zu lenken.

Auch diesmal hatte Adam sich einiges vorgenommen für die Zeit, in der Trish im Büro war. Er rief seine Mutter an, um zu hören, ob alles noch in Ordnung war und sie ihrerseits zu beruhigen. Er erklärte ihr, dass er bei einer Freundin Unterschlupf gefunden hatte und einige Dinge regeln musste, die sich aus dem plötzlichen Verlust seiner Wohnung ergaben. Noch erwähnte er nichts davon, dass ein Bild von ihr in jungen Jahren im Zusammenhang mit seinem Arbeitgeber aufgetaucht war. Er wollte erst abwarten, ob Trishs Freund mehr dazu herausfinden konnte.

Dann recherchierte er ein wenig zu seinen unverhofft entdeckten Fähigkeiten, was sich als schwieriger herausstellte als erwartet. Die Schwierigkeit lag nicht darin, etwas zu finden, sondern dass es im Netz nur so wimmelte von Websites zu verwandten Themen. Allerdings schienen derartige Dinge fest in der Hand von Spinnern zu sein, für die Paranormalität eine unumstößliche Religion war und Wissenschaft eine Verschwörung der global vernetzten Wirtschaft. Alternativ landete man auf der Suche nach tiefergehenden Informationen immer wieder bei Fanprojekten, die fiktive Figuren aus Filmen und Comics intensiver und mit größerer Ernsthaftigkeit behandelten als mancher Doktorand das Thema seiner Forschungsarbeit. Er lernte zumindest, dass es unterschiedlichste Ausprägungen der Fähigkeit geben konnte, nur mit dem eigenen Willen Dinge physisch zu beeinflussen – außerhalb, aber auch innerhalb des eigenen Körpers, im Großen wie im Kleinen.

Nachdem er stundenlang verschiedenste Texte zu solchen Psi-Kräften aller Art gelesen hatte, deren Seriosität zweifelhaft oder zumindest nicht eindeutig zu bestimmen war, entschloss er sich, es mit der Realität zu versuchen. Er steuerte wieder den Park an, der sich als Trainingsplatz bereits bewährt hatte. Da er diesmal bei Tageslicht unterwegs war und sich die städtische Oase mit vielen anderen teilen musste, suchte er sich eine etwas abseits gelegene Bank, auf der gerade niemand seine Mittagspause verbrachte oder sein Kind stillte. Er musste etwas vorsichtiger sein bei der Wahl seiner Übungsobjekte, wenn er nicht auffallen wollte. Also hielt er sich an kleine Pflanzen oder solche, die nur in seinem Blickfeld wuchsen. Anfangs probierte er nur noch einmal aus, ob er nicht trotz allem Opfer seiner eigenen Vorstellungskraft geworden war, denn ein Teil von ihm konnte es immer noch nicht fassen. Aber es war nicht mehr abzustreiten, dass er allein mit seinem Geist Dinge manipulieren konnte: Biokinese, wie einige die psychokinetische Fähigkeit nannten, Organismen durch Gedankenkraft zu verändern. Als er sich erneut versichert hatte, dass er dieses Talent wirklich besaß, wollte er vor allem Übung darin entwickeln. Ein paar Mal hatte er offensichtlich schon in der Vergangenheit seine Fähigkeiten unbewusst eingesetzt. Gestern war es zum ersten Mal zielgerichtet geschehen. Und nun nahm er sich vor, seine Kräfte möglichst kontrolliert einzusetzen. Diesmal hatte er sich außerdem einen Vorrat ungesunder Snacks eingesteckt, um Schwächeanfällen mit direkter Energiezufuhr vorzubeugen. Von ein paar kleineren Fehlschlägen abgesehen, die immer dann auftraten, wenn seine Konzentration unterbrochen wurde, stellte sich bald ein Trainingseffekt ein. Immer schneller konnte er sich in seine Zielpflanze einfühlen und sie auf verschiedene Arten zu spontanen Veränderungen anregen. Irgendwann wurde er fast ein wenig übermütig. Er ließ unmittelbar hinter einem Paar, das gemeinsam auf einer Bank saß und ihn argwöhnisch ansah, weil er ständig in die Büsche starrte, Blüten an einem Strauch aufblühen – nur, weil er es konnte und ihn das Spiel mit seinen neu gewonnenen Kräften amüsierte.

Adam war so vertieft in sein selbst auferlegtes Übungsprogramm, dass er Trishs Nachrichten erst las, als er ohnehin aufbrechen wollte. Schon am frühen Nachmittag hatte sie von ihrem Freund erfahren, dass es Fortschritte bei der Recherche rund um seine Mutter und das Auftauchen ihres alten Fotos in der Unternehmensdatenbank gegeben hatte. Mehr Informationen dazu sollte es heute Abend geben. Trish musste mittlerweile bereits auf dem Heimweg sein. Er war gespannt, was für Informationen auf ihn warteten. Hoffentlich musste er nicht abermals das Bild korrigieren, dass er sich von seinen Eltern und seiner Kindheit über Jahre im Geiste gemalt hatte.

19
Von Datenbanken und Zeitstempeln

Aus irgendeinem Grund hatte Adam sich vorgestellt, dass Trishs Freund sie besuchen kommen und ihnen im persönlichen Gespräch präsentieren würde, worauf er gestoßen war. Wie sich herausstellte, war das aber nicht die Art, auf der Trish und ihr Freund sich austauschten. Und so saßen Trish und Adam schließlich nebeneinander vor einem Bildschirm, auf dem in einem schmucklosen Fenster ein einfacher Text-Chat geöffnet war.

»Moment«, wunderte sich Adam. »Wir sehen ihn nicht mal per Webcam?«

»Nein«, antwortete Trish, die schon damit beschäftigt war, ihren Chatpartner zu begrüßen. Er nannte sich Myrddin, offenbar ein walisischer Name. Adam war froh, dass er sich nicht für Neo entschieden hatte.

»Wir benutzen ausschließlich verschlüsselte Messenger«, fuhr Trish fort, »mit ein paar extra Sicherheitsvorkehrungen. Für ihn ist das extrem wichtig.«

»Du hast ihn aber mal kennengelernt, oder?« hakte Adam nach.

»Nie. Spielt aber auch keine Rolle…« gab Trish knapp zurück, während sie weiter auf der Tastatur klackerte. Befremdet schwieg Adam zunächst und folgte stattdessen der Unterhaltung auf dem Bildschirm.

Während sich Trish und Myrddin austauschten, wurde für Adam schnell deutlich, dass dieser Unbekannte sich auf einer völlig anderen Ebene befand, was das Verständnis von Netzwerken, Servern und Datenbanken anging. Wo Trishs Vorstöße geendet hatten, vielleicht auch, um nicht unnötig Aufmerksamkeit auf sich zu ziehen, ging Myrddin scheinbar mühelos noch einige Schritte weiter. An Trishs Fund anknüpfend, hatte er Zugang zu Daten bekommen, die mit dem Foto von Adams Mutter verbunden waren.

Noch immer war nicht klar, zu welchem der Unternehmen unterhalb der Clay Holding die Informationen gehörten. Der interne Name der Datenbanktabelle, »research_obj_tmp«, ließ keine Rückschlüsse darauf zu. Allerdings gab es neben wenig hilfreichen Identifikationsnummern, numerischen Querverweisen zu anderen Tabellen, Zeitstempeln sowie verschlüsselten Inhalten eine Tabellenspalte mit dem Namen im Klartext und eine gesetzte Markierung für den Wert »left«. Hier war nicht klar, ob damit links im Gegensatz zu rechts gemeint war, oder ob von Verlassen die Rede war. Viel interessanter schienen Adam und Trish allerdings der verknüpfte Name: »Alex Anson«. Sie sahen sich an. Trish vergewisserte sich: »Du sagtest doch, deine Mutter heißt Pam Miller, richtig?«

»Stimmt…«, bestätigte Adam sofort und wollte wissen: »Kannst du mir das Foto zeigen, das du bei deiner Suche gefunden hattest?«

»Sicher.«

Trish hatte es bei CleerBloo vom Bildschirm abfotografiert, um nicht durch Speichern und Versenden Spuren ihrer Recherche zu hinterlassen, aber zuhause an Myrddin übertragen, als Ansatzpunkt für seine Suche. Sie rief es am Bildschirm auf. Adam hatte viele alte Fotos seiner Mutter gesehen, auf einigen hielt sie ihn als Baby im Arm. Er wusste also recht gut, wie sie damals ausgesehen hatte. Aber selbst diesen Vergleich hätte er nicht gebraucht, um seine Mutter als junge Frau zu erkennen: Diese Augen, Wangenform, Schwung der Brauen, Form des Kinns, das angedeutete Lächeln – das war eindeutig sie.

Er lehnte sich zurück.

»Das ist sie«, murmelte er. Also gab es in ihrer Vergangenheit auch noch einen falschen Namen, nicht nur einen vorgeschobenen Vater, der nie existiert hatte.

Trish informierte Myrddin darüber, dass Adam sie identifizieren konnte und bedankte sich bei ihm für seine Arbeit.

»Gerne«, kam es sofort zurück. »Schick mir einfach ein paar ADA für einen Kaffee an meine Wallet«, danach folgte eine lange Reihe scheinbar zufälliger Buchstaben und Zahlen.

»Hat Spaß gemacht.« schickte er hinterher. »Kann ich sonst noch was machen?«

»Kommst du an andere Tabellen aus der Datenbank? Da scheint es Querverweise zu geben« schrieb Trish.

»Normalerweise kein Problem. Komm ich an eine Tabelle, dann komm ich an alle. Das hier ist aber irgendein Relikt. Eine temporär erstellte Kopie für einen Server-Umzug oder so. Ist offenbar vergessen worden beim anschließenden Löschen. Die eigentliche DB«, kürzte Myrddin Datenbank ab, »ist vor Zugriff geschützt. Vorbildlich. Leider.«

Adam las den Chat unaufmerksam mit. Er war noch damit beschäftigt, zu verarbeiten, dass auch seine Mutter nicht ganz die war, die sie vorgab zu sein. Alex Anson also. Dann müsste er eigentlich Adam Anson sein. Was verbarg sie noch vor ihm?

»Schade«, tippte Trish. »Aber da wäre noch was.«

»OK?«, kam es knapp zurück.

»Wir versuchen die Identität von jemandem herauszufinden.«

Sie schickte ihm den Direktlink auf die öffentlich einsehbare Antwort, die Adam auf seinen Foreneintrag bekommen hatte.

»Diese SarahB83. Wir müssen wissen, wer das ist.«

»Sehe ich mir an. Melde mich.«

»Könnte gefährlich sein. Keine Spuren!«

»Sowieso nicht«, erwiderte Myrddin und schickte ein grinsendes Emoji mit Sonnenbrille. »Bin raus.«

Trish drehte sich zu Adam und musterte ihn.

»Wie kommst du damit klar?«

»Mich wundert langsam nichts mehr«, schnaubte Adam.

Ein Lächeln stahl sich auf ihr Gesicht.

»Ganz ehrlich…« sagte sie, pausierte dann und berührte ihn entschuldigend am Arm, bevor sie fortsetzte: »Das wird langsam richtig spannend.«

20
Ein Geheimnis wird gelüftet

Das nächste Telefonat mit Adams Mutter war etwas unterkühlt ausgefallen. Sie hatte sich nach wie vor Sorgen um ihn gemacht, er dagegen hatte nur möglichst schnell ein Treffen ausmachen wollen, um wichtige Dinge zu besprechen. Dabei war es ihm wichtig gewesen, sich nicht in ihrer Wohnung zu treffen, und schon gar nicht seine derzeitige Adresse preiszugeben. Sie hatte sich irritiert gezeigt, aber dann doch einen Spaziergang am Flussufer vorgeschlagen. Nun gingen sie nach einer kurzen Umarmung nebeneinander her, neben ihnen floss gemächlich das Wasser. Adam ging nach der Begrüßung direkt in die Offensive:

»Mom, es wird Zeit für die ganze Geschichte. Oder soll ich dich Alex nennen?«, dabei blickte er herausfordernd in das erschrockene Gesicht seiner Mutter.

»Was… Wovon redest du?«

Er zeigte ihr das Foto von ihr in jungen Jahren, das er sich zwischenzeitlich hatte schicken lassen, auf dem Display seines Smartphones. »Kommt dir das bekannt vor?«

Sie schwieg mit verkniffenen Lippen.

»Also«, bohrte Adam weiter. »Wer bist du wirklich? Was hast du mit einer der Clay-Firmen zu tun?«

Sie senkte den Kopf. Offenbar sah sie ein, dass sie nicht länger die Unwissende spielen konnte.

»Komm, wir setzen uns«, seufzte sie und zeigte auf eine nahe Bank. »Ich erzähl' dir alles.«

Mit klopfendem Herzen und vielen widersprüchlichen Gefühlen setzte sich Adam neben seine Mutter.

»Na dann, ich bin gespannt!« forderte er sie mit sarkastischem Unterton auf.

Sie begann damit, wie sie in seinem Alter gewesen war. Was sie für Träume hatte, welche Jobs sie gemacht hatte, wie sie auf eine Zukunft in guten Verhältnissen gehofft hatte. An eine eigene Familie hatte sie nicht gedacht, zumindest nicht so bald, vielleicht in ferner Zukunft. Irgendwann hatte sie davon erfahren, dass es eine Möglichkeit gab, in verhältnismäßig kurzer Zeit an viel Geld zu kommen. Es gab eine Einrichtung, die jungen Frauen fast ein Vermögen dafür bot, wenn sie Kinder austrugen.

Adam gruselte es. Er sollte das Kind irgendeines namenlosen Vaters sein? Und seine Mutter war dafür entlohnt worden, als Gebärmaschine – vermutlich für ein zeugungsunfähiges Paar – zu dienen?

»Du hast dich als Leihmutter hergegeben?« hakte Adam entsetzt nach. »Ist das überhaupt legal?«

»In diesem Bundesstaat ist es das offenbar.«

Adams Gedanken rasten. »Bist du dann überhaupt meine biologische Mutter?!«

»Doch, das bin ich Adam«, versicherte sie und legte ihre Hand auf seine.

»Was sollte denn mit mit mir passieren?«

Sie erklärte, dass die Kinder in der Obhut der Einrichtung bleiben und eine gute Ausbildung erhalten sollten. Zumindest hatte man die Leihmütter damals damit beruhigt.

»Aber ich konnte dich nicht loslassen, Adam.«

Auch jetzt konnte sie es nicht, und so drückte sie seine Hand fester.

»Schon als ich dich in mir gespürt habe, wusste ich es. Ich konnte dich nicht hergeben. Einfach so Fremden überlassen.«

Adam sah, wie sich Tränen in ihren Augen sammelten. Er fühlte sich zerrissen zwischen unbändiger Wut über all die Täuschungen in seinem Leben und beginnendem Mitleid mit seiner aufgewühlten Mutter.

»Sobald ich das wusste, habe ich Pläne geschmiedet, noch vor deiner Geburt. Für uns beide.«

Jetzt rollten die ersten Tränen ihre Wangen hinunter. Ihre Stimme zitterte.

»Das Geld spielte keine Rolle mehr, aber ich hatte einen Vertrag unterschrieben. Ich musste erst einmal weg von dort.«

Der Fluss zog, schimmernd im Sonnenlicht, an ihnen vorbei. Ganze Strahlenbündel wurden von der Oberfläche reflektiert und warfen bewegte Muster auf das befestigte Ufer. Ein beruhigender Anblick in der ansonsten so geschäftigen Stadt, doch keiner der beiden hatte einen Blick dafür übrig. Sie schilderte Adam, wie sie mit ihm heimlich aus der Einrichtung geflohen war. Welche Anstrengungen sie unternommen hatte, um unterzutauchen und sich eine neue Identität anzueignen, um Adam und sich selbst vor dem Zugriff der Einrichtung zu schützen. Unsicher, welche Vertragsstrafen oder möglicherweise auch Repressalien sie erwarteten, wenn man sie aufspürte.

Adam spürte noch immer den Ärger wie eine geballte Faust in seinem Magen, aber er nahm seine Mutter wortlos in den Arm und hielt sie eine Weile.

Sie saßen noch eine knappe Stunde zusammen. Sie beantwortete Adams Fragen bereitwillig, soweit es ihre Erinnerung und ihr Wissen zuließ. Über die Zeit in der Einrichtung, über das Versteckspiel der ersten Jahre mit ihm, darüber, wie sie sich ein neues Leben aufgebaut hatte – auch ohne ein gut gefülltes Bankkonto als Grundlage.

Dann gingen sie auseinander, sie mit großer Erleichterung, sich ihr Geheimnis von der Seele geredet zu haben, und er mit dem Gefühl, endlich klar zu sehen, wer er war und was für eine Geschichte hinter seinem Leben stand. Sie versprachen sich, nicht zu viel Zeit bis zu einem weiteren Treffen verstreichen zu lassen, und Adam ermahnte sie, vorsichtig zu sein, solange nicht klar war, wer es auf ihn abgesehen hatte. Ihr sorgenvoller Blick bewirkte heute noch viel mehr als sonst, also versicherte er ihr, dass er bei der Polizei gewesen war und man den Täter sicher bald fassen würde – auch wenn er selbst nicht daran glaubte. Dann verabschiedeten sie sich mit einer langen Umarmung, bevor sie in verschiedenen Richtungen auseinander gingen.

Später vertraute Adam Trish seine ganze Geschichte an, die er über sich und seine Mutter erfahren hatte. Sie war eine aufmerksame und mitfühlende Zuhörerin, die an den richtigen Stellen interessiert nachfragte. Sie machte ihm außerdem noch einmal deutlich, wie sehr die Handlungen seiner Mutter ihre Liebe zu Adam bewiesen. Und dass das etwas sei, worauf er sehr stolz sein könne.

Im Nachhinein zeigte sich: Alle Lügen, mit denen er aufgewachsen war, dienten ausschließlich dem Zweck, ihn in Sicherheit aufwachsen zu sehen. Adam dachte daran, dass Trish selbst vermutlich gerne eine solche Mutter gehabt hätte, und bekam ein schlechtes Gewissen.

»Wie waren die beiden, die dich großgezogen haben?« lenkte er daher das Thema auf sie.

»Betty und Robert, sehr liebe Menschen. Für mich sind sie einfach Mom und Dad, auch wenn ich weiß, dass sie nicht wirklich meine Eltern sind.«

Sie lächelte Adam an.

»Mach dir keine Gedanken. Ich hatte keine schlechte Kindheit.«

Dann stellte sie fest: »Eines ist aber immer noch unklar: Du weißt immer noch nicht, wer dein Vater ist!«

»Das ist wahr«, nickte Adam. Der Gedanke nagte auch weiter an ihm, auch wenn ein wichtiger Teil seiner Vergangenheit nun geklärt schien.

21
Die Falle

Am folgenden Tag blieb Adam in Trishs Wohnung. Er hatte es kein weiteres Mal geschafft, die Schlüssel abzulehnen. Es war klar, dass sie ihm vertraute – schließlich verbrachte er ohnehin schon seine Nächte bei ihr – und sie hatte ihn überzeugt, dass sie seine Gesellschaft genoss und seine Anwesenheit schon gar nicht als lästig empfand.

»Ich werde es dir sofort mitteilen, falls sich daran etwas ändern sollte!« grinste sie, bevor sie zur Arbeit aufbrach. Wenig später textete sie, dass es Neuigkeiten von Myrddin gab. Er hatte einen Köder ausgelegt: Im selben Selbsthilfeforum gab es nun einen weiteren Eintrag, den er erstellt hatte, in der er ähnliche Erfahrungen schilderte. Nun wartete er auf eine Privatnachricht von Sarah oder einem anderen vorgeblichen Nutzer. Außerdem hatte er eine einfache Website vorbereitet. Sollte er eine Privatnachricht erhalten, würde er darauf antworten und in seiner Signatur die Adresse dieser Website anzeigen. Wer immer da draußen war, musste interessiert sein, alles über den Ersteller des Beitrags herauszufinden – vor allem seinen Aufenthaltsort. Somit war es sehr wahrscheinlich, dass er neugierig dem Link zur angezeigten Website folgen würde. Und damit hätte er dann nicht nur den Köder geschluckt, sondern wäre bereits völlig in Myrddins

Falle geraten. Denn einmal auf der präparierten Website angelangt, würde er nicht nur seine IP-Adresse preisgeben. Das alleine wäre noch wenig aufschlussreich, auch wenn man darüber in günstigen Fällen den Standort ermitteln konnte. Nein, er würde sich außerdem einen Trojaner zuziehen, also ein Programm, das sich unbemerkt auf seinem Computer einnisten und dort weitere Informationen sammeln sollte.

Das klang nach einem erfolgversprechenden Plan, auch wenn Adam nicht jedes Detail darin wirklich verstanden hatte. Beim gemeinsamen Abendessen mit Trish diskutierten sie beide die einzelnen Schritte mit ihren Risiken, aber auch den Möglichkeiten, die sich daraus ergaben. Sofern Sarah – oder wer immer hinter dem Profil steckte – keine besonderen Schutzmaßnahmen getroffen hatte, würden sie endlich mehr erfahren können. Über die Identität, möglicherweise auch die Motivation des unbekannten Täters. Adam hoffte, sie mussten nicht zu lange darauf warten, dass dieser Jemand anbiss.

Adam riss die Augen auf und starrte ins Dunkle, sein Puls raste. Abermals hatte ihn ein beunruhigender Alptraum gepackt und derart in Schrecken versetzt, dass er davon aufgewacht war. Er fühlte Jerry warm auf seiner Brust, ihr Schnurren vibrierte auf seinem Körper und beruhigte augenblicklich seine alarmierten Nerven. Als er sie behutsam streichelte, verblassten die Bilder in seinem Kopf. Eben noch intensiv und völlig real, hatte er schon jetzt Mühe, sich an Einzelheiten zu erinnern. Wieder spielte das Foto seines vorgeblichen Vaters eine Rolle, soviel wusste er noch – und dass am Ende alles in züngelnden Flammen aufgegangen war, vor denen er in Panik zu fliehen versucht hatte.

Während er sich wieder entspannte, ließ er seine Gedanken kreisen. Hier, allein und in der nächtlichen Stille nahmen sie andere, verschlungene Pfade. Immer wieder kehrte er aber in dieser Nacht zu diesen Fragen zurück: Was hatte ausgerechnet ein Unternehmen der Clay Holding – und damit im weitesten Sinne der Arbeitgeber von Trish und bis vor kurzem ihm selbst – mit Leihmüttern zu schaffen? Was versprachen sie sich davon? Waren sie nicht eigentlich spezialisiert auf Informationstechnologie und verwandte Themen? Ihm wurde bewusst: Er hatte völlig vergessen, seine Mutter danach zu fragen, wo sich die Einrichtung befunden hatte und wie die Firma hieß, mit der sie damals ihren Vertrag geschlossen hatte.

Er lag lange wach, ohne Antworten zu finden. Genauso wenig fand er aber zurück in den Schlaf, solange sein Kopf nicht zur Ruhe kam. Irgendwann, es mochte eine halbe Stunde vergangen sein oder auch ein Vielfaches davon, gewann aber doch die Müdigkeit wieder die Oberhand. Die Gedanken wurden unscharf, verschwammen ineinander, und schließlich ging Adam über in einen ruhigen, traumlosen Schlaf.

22
Ein unvollständiges Puzzle

Der nächste Tag brachte vielversprechende Neuigkeiten: Myrddins Falle war zugeschnappt. Noch am Vorabend hatte es die erhoffte Antwort auf den konstruierten Foreneintrag gegeben. Anstatt ein neues Profil anzulegen, hatte die oder der Unbekannte erneut als Sarah geschrieben, worauf sich nach bekanntem Muster eine Unterhaltung per Privatnachricht entwickelt hatte. Sarah bestätigte darin einfach alles, was Myrddin vorgeblich erlebt hatte, und drängte auf ein Treffen zum weiteren Austausch. Wie sie gehofft hatten, war sie dem Link in der Signatur gefolgt; schließlich wollte sie wissen, wer ihr Gesprächspartner war und vor allem Hinweise darauf finden, wie sie ihn aufspüren konnten. Doch wie vermutet, brachte der erste Zugriff auf die vorbereitete Website keine auswertbaren Erkenntnisse, die IP-Adresse des zugreifenden Geräts, ob PC, Laptop oder Smartphone, war keinem genauen Standort zuzuordnen. Aber Myrddin verzeichnete bald danach eintreffende Datenpakete: Der Trojaner hatte sich auf dem fremden Gerät erfolgreich eingenistet und damit begonnen, die Dateiverzeichnisse dort zu durchlaufen und die gefundenen Dateien zu kopieren.

Jetzt mussten sie geduldig sein. Um nicht aufzufallen und zu riskieren, dass das Spähprogramm entfernt wurde, bevor sie etwas herausfanden, mussten die Datenpakete eher klein ausfallen, wie Trish erklärte, als sie wieder bei Adam war. Außerdem stand nun eine Menge Sortier- und Detektivarbeit bevor. Der Trojaner übersprang zwar offensichtlich sinnlose Dateien, aber dennoch würde sich eine große Menge von Informationen ansammeln, die zum überwiegenden Teil komplett uninteressant waren. Noch war völlig unklar, wo sie überhaupt nach Hinweisen suchen sollten. In erster Linie boten sich Chat-Protokolle, E-Mails, Textdateien, Kalendereinträge und ähnliches an, um auf die Identität von Sarah schließen zu können.

Um diesen bevorstehenden Berg an Dateien schnell durchsuchen und gemeinsam besprechen zu können, stellte Myrddin in regelmäßigen Abständen eine Kopie der erbeuteten Daten zur Verfügung. Trish war sichtlich aufgeregt angesichts der Vorstellung, auf die Suche nach wichtigen Informationen gehen zu können.

»Adam, jetzt können wir endlich den Spieß umdrehen.« brachte sie auf den Punkt, was er selbst dachte. »Wir finden heraus, wer sich hinter Sarah versteckt!«

Sie hatte sich ohnehin gerade ein paar Tage frei genommen und wollte die gewonnene Zeit auch dafür nutzen, die Jagd auf Sarah voranzutreiben.

»Aber erst müssen wir ein wenig warten, bis wir genug Material zusammen haben…«

Es sollte nicht lange dauern, bis die ersten Puzzle-Teile auftauchten, die es an die richtige Stelle zu setzen galt. Zu den ersten Erkenntnissen gehörte, dass es keine Sarah gab. Wenig überraschend, aber das war zumindest gesichert. Der Urheber der Antworten im Forum war ein Mann, der sich in Nachrichten, die er an Bekannte schickte, Ted nannte. Fotos von ihm fanden sie zunächst nicht; als Profilbild verwendete er bei verschiedenen Gelegenheiten gerne entweder die Gesichter bekannter Schauspielhelden aus Action-Filmen oder gelegentlich auch mal die »Stars and Bars«, die Südstaatenflagge.

Seine Registrierung bei verschiedenen Online-Plattformen ergaben ein Gesamtbild, das sich über hauptsächlich drei Interessengebiete zusammensetzte. Zum einen hätte er einen begeisterten Gesprächspartner für Dan abgegeben, da er sich brennend für Muscle Cars des letzten Jahrtausends interessierte, aber generell fand er gefallen an Classic Cars oder möglichst großen Pickup-Trucks. Dazu kam ein ausgeprägtes Fachwissen, was Feuerwaffen aller Art anging. Die Diskussionen um Feinheiten bei Munition, Rückschlag, Pflege und Präzision bestimmte offenbar einen guten Teil seiner Freizeit, zusammen mit aktivem Training am Schießstand und bei der Jagd. Und zuletzt gab er sich im Netz als eine Art Beschützer und Bewacher des rechtgläubigen Teils der Zivilisation. Er gab in öffentlichen Beiträgen nur Andeutungen darüber preis, vor wem er die Menschheit beschützen wollte. Eine christlich-fundamentalistische Note mischte sich dabei mit einer Heroisierung maskuliner Kampfkraft, so dass man eher an die nordische Götterwelt als an die Grundideen des Christentums denken musste. Ted konnte nicht weiter entfernt sein von »selig sind die Sanftmütigen«.

Bei all dem pflegte er enge Kontakte zu Preppern, die sich auf ein kommendes Weltuntergangsszenario vorbereiteten, aus dem sie als starke und bewunderte Überlebende hervorgehen wollten – nicht zuletzt dank eines gut ausgestatteten Waffenschranks, versteht sich. Immer wieder fielen auch mehrere Personen in seinem Umfeld als besonders rege Gesprächspartner auf, die als Sicherheits- und Wachpersonal arbeiteten.

Die wenigen lokalen Bezüge, die bisher auftauchten, ließen vermuten, dass Ted in nicht allzu großer Entfernung wohnte. Zum Beispiel war der Schießstand, den er häufig besuchte, vom Stadtzentrum in einer dreiviertel Stunde erreichbar.

Die bisherigen Funde waren faszinierend, aber gleichzeitig eine deutliche Warnung, dass sie es hier mit einem gefährlichen Mann zu tun hatten. Auch wenn der erste Anschlag missglückt war, aus Pressemeldungen konnte Ted mittlerweile erfahren haben, dass er Adam nicht erwischt hatte. Und er schien nicht nur ein gewaltbereiter, sondern auch ein bis zur Verbissenheit ausdauernder Mensch zu sein, der sicher nicht schnell aufgeben würde.

Die gemeinsame Arbeit als digitale Spürhunde machte aus den Dreien ein echtes Team: Myrddin und Trish halfen sich gegenseitig dabei, vielversprechende Dateien zu identifizieren; Adam saß stundenlang neben Trish und versuchte mit ihr, Zusammenhänge herzustellen. Jedes neue Datenpaket, das zur Untersuchung hereinkam, versetzte alle in aufgeregte Spannung.

Allmählich begann sich über die erste Charakterskizze von Ted hinaus ein Bild zu formen, das den Hintergrund für den fehlgeschlagenen Anschlag bilden konnte. Immer wieder war in vertraulichen Chats von Perseus die Rede. Entgegen erster Vermutungen handelte es sich dabei aber nicht um eine Person, sondern eine Gruppierung. Ted war offenbar nicht einfach nur Mitglied, sondern gab Anweisungen, war also entweder ranghoch oder vielleicht sogar ihr Anführer. Sie hatte sich – daher wohl der mythologisch inspirierte Name – dem Kampf gegen Medusa verschrieben, wer oder was immer das sein mochte. Da außerdem immer wieder recht feindselig von der »Einrichtung« gesprochen wurde, lag es nahe, dass es hier um dasselbe ging.

Adam spürte, dass sie sich hier dem Kern der Sache näherten, und ließ seine Augen über Hunderte von Textzeilen fliegen. Gemeinsam mit Trish öffneten sie ein Dokument nach dem anderen, nun, da sie ein neues Stichwort hatten, das ihre Suche präzisierte. Schnell wurde klar, dass der Hass der

Gruppe sich insbesondere gegen sogenannte »Ausgeburten« richtete, auch »Spawns« genannt. Das große Ziel war offenbar, die Menschheit von ihrer Anwesenheit zu befreien. Bald kristallisierte sich außerdem heraus, dass Medusa als Deckname für eine offenbar weibliche Person stand, die als Verantwortliche für die Bedrohung durch die Spawns gesehen wurde. Das alles las sich noch nebulös, aber dennoch fühlte es sich entscheidend an.

Während der Puzzle-Arbeit stand Trish ständig in Kontakt mit Myrddin. Als sie diesmal ihre Arbeit kurz unterbrachen, um eine weitere Nachricht von ihm zu lesen, gab es schlechte Neuigkeiten:

»Das war's, Leute.« schrieb er.

»Was ist los?« wollte Trish wissen.

»Die Verbindung zum Datensammler ist tot. Entweder sind wir aufgeflogen oder was anderes stimmt nicht. Jedenfalls gibt es keinen Nachschub mehr. Nur noch der Keylogger läuft.«

»Eine Art Live-Mitschnitt der Tastatureingaben«, erläuterte Trish zwischendurch, an Adam gewandt.

»Aber bisher war dabei wenig Nützliches«, fuhr Myrddin fort. »Zu seinen Leuten hält er offenbar anders Kontakt. Vielleicht per Smartphone.«

Adam war etwas beunruhigt: »Können sie jetzt herausfinden, wo wir sind?«

Trish schüttelte den Kopf. »Ganz sicher nicht.«

Dann antwortete sie Myrddin im Chat: »OK, dann müssen wir nehmen, was wir haben. Ist ja noch genug zu lesen.«

Es stimmte sie zwar ärgerlich, dass ihre Informationsquelle versiegt war, aber tatsächlich warteten noch große Mengen ungeöffneter Dokumente darauf, von ihnen gesichtet zu werden. Es bestand immer noch die Hoffnung, dass sich in dem verbliebenen Material noch wichtige Erkenntnisse verbargen.

Außerdem hatte Adam noch weitere Rätsel zu lösen, was seine Herkunft anging. Und dafür gab es zumindest einen Anknüpfungspunkt, den er nicht weiterverfolgt hatte. Noch war er in der Stimmung für Detektivarbeit, daher griff er nach seinem Smartphone und rief seine Mutter an.

Er bedankte sich dafür, dass sie ihm ihre ganze Geschichte anvertraut und sich ihm doch noch geöffnet hatte. Er wollte deutlich machen, dass es eine gute Entscheidung gewesen war und er keinerlei Groll mehr hegte wegen der vergangenen Geheimnisse. Sie schien sehr erleichtert, das noch einmal so deutlich zu hören. Beide hatten das Gefühl, dass die späte Beichte sie einander nähergebracht hatte – auch wenn in der Zwischenzeit viel Wut und Misstrauen von seiner Seite im Spiel gewesen war. Dann kam er darauf zu sprechen, wem sie sich verpflichtet hatte, Adam auszutragen. Der Name der Einrichtung wollte ihr nicht mehr einfallen. Er war offenbar wenig einprägsam gewesen. Enttäuscht sah Adam zu Trish hinüber, die das Gespräch verfolgte. Er verlor schon die Hoffnung, weitere hilfreiche Informationen zu bekommen. Als er aber nach dem Ort fragte, an dem sie hatte entbinden sollen, traten recht deutliche Erinnerungen zutage. Mit geschickten Nachfragen von Adam gelang es ihnen im Dialog, zwar nicht die genaue Adresse, aber zumindest den ungefähren Standort einzugrenzen. Zusammen mit einer Beschreibung des Hauptgebäudes im Federal-Stil, gelegen auf einem weitläufigen Grundstück nahe einem kleinen Wäldchen, mit einem nierenförmigen Weiher, wie sie sagte, sollte es möglich sein, das Gebäude aufzuspüren.

Und tatsächlich, dank der Ortsangaben und der praktischen Satellitenansicht eines Online-Kartendienstes brauchte Adam nur eine knappe Viertelstunde, um ein Gebäude zu finden, das zu der Beschreibung passte. Samt Teich in Bohnen- oder Nierenform. »Ha!« triumphierte Adam und teilte Trish seine Entdeckung mit. Leider gab es außer der Adresse keine Informationen, die dem Haus zugeordnet waren, es war also mit Sicherheit Privatgelände. Eine etwas ältere Aufnahme zeigte außerdem das Eingangstor aus dem Blickwinkel der vorbeiführenden Straße. Auch damals konnte man schon erkennen, dass es in die Jahre gekommen war. Ein Schild oder etwas ähnliches, auf dem man den Namen der Einrichtung hätte lesen können, war nicht zu sehen.

»Das schauen wir uns morgen genauer an«, entschloss Trish und schlug vor: »Was hältst du von einem Spaziergang zum Park?«

Der Wechsel an die frische Luft war gleichzeitig Erholung von der konzentrierten Bildschirmarbeit

und Trainingseinheit: Adam nutzte erneut die Gelegenheit, in Übung zu bleiben und seine Fertigkeiten zu verbessern. Er hatte auch das Gefühl, dass es ihn immer weniger Anstrengung kostete, seine Fähigkeiten einzusetzen, auch wenn er die süßen Snacks immer griffbereit hatte. Trish spornte ihn gelegentlich an und hatte die ein oder andere Idee, was er ausprobieren könnte, wobei sie Acht gaben auf eventuelle Beobachter. Irgendwann berührte Trish ihn am Arm und unterbrach seine Übungen.
»Adam – es gibt etwas, das du wissen solltest…«
»Ja?«
Erstaunt sah er sie an und wartete darauf, dass sie weitersprach.
»Es gibt einen Grund, weshalb mich deine Familiengeschichte so interessiert. Ich hatte dir schon erzählt, dass ich adoptiert wurde…« erinnerte sie ihn, um dann fortzufahren: »Es gibt aber eine Gemeinsamkeit zwischen unseren Leben, über die ich mehr erfahren will. Ich sagte dir auch schon, dass ich meine Eltern nicht kenne – und das stimmt. Was aber wichtig ist: Es gibt bei mir, ähnlich wie bei dir, eine Verbindung zur Thomas Clay Holding.«
Adam wollte etwas sagen, doch Trish schüttelte den Kopf und zeigte ihm so, dass sie erst ausreden wollte.
»Ich habe in den letzten Jahren, als ich schon nicht mehr bei meinen Adoptiveltern wohnte, etwas herausgefunden: Meine Eltern wurden finanziell unterstützt, zumindest was mich betrifft. Es gab

eine Art Ausbildungsfonds, gestiftet von der Clay Holding. Mom und Dad wollten mir erklären, dass das eine Art Stipendium sei, weil ich mich als besonders talentiert gezeigt hatte. Aber ich weiß, dass es diese Zahlungen schon gibt, seit ich ein Baby war. Damals wurde mit Sicherheit keine Begabung erkannt.«

»Da passt es ja ins Bild, dass du gleich anschließend bei CleerBloo arbeiten konntest. Wie praktisch«, warf Adam ein.

»Das ergab sich einfach so. Sie sind Marktführer auf dem Gebiet, auf das ich mich spezialisiert habe, und außerdem der größte IT-Arbeitgeber im ganzen Bundesstaat, wahrscheinlich sogar weit darüber hinaus. Jedenfalls«, brachte Trish das Gespräch wieder auf ihre Spur, »wollte ich schon lange herausfinden, was die Muttergesellschaft mit meiner Adoption zu tun hat. Und als ich dich getroffen hatte, mit deiner konstruierten Vatergeschichte und deiner Mutter, die für diese Einrichtung Leihmutter werden sollte… Da wurde mir bald klar, dass wir dasselbe Ziel haben.«

Adam sah Trish direkt an, schwieg aber zunächst. Dann sagte er zu ihrer sichtlichen Erleichterung:

»Ich bin froh, dass du es mir erzählt hast.«

»Adam, ich wollte es dir schon vorher sagen. Aber ich war mir nicht sicher…«

»Ist schon in Ordnung«, unterbrach er sie. Und das war es wirklich. Er war eigentlich nicht enttäuscht, im Gegenteil: Er fühlte sich ihr eher noch mehr verbunden als zuvor. Ein Lächeln stahl sich auf sein Gesicht.

»Lass uns noch ein bisschen weitermachen, okay?« beendete er das Thema und wandte sich wieder den Pflanzen in ihrer Umgebung zu.

»Wenn du mir erlaubst, diesmal ein paar Videos davon zu machen!« forderte sie. »Das muss ich einfach mal festhalten.«

»Sicher, solange du mich nicht heimlich zum YouTube-Hit machst.«

Adam hatte mittlerweile recht gute Kontrolle über seine Fähigkeiten entwickelt und konnte ohne allzu große Anstrengung Effekte an den Parkgewächsen erzielen, die Trish auch jetzt noch beeindruckten. Sie nutzte die Möglichkeiten ihrer AR-Linsen, um Bilder davon aufzunehmen und sie auf ihr Smartphone zu übertragen, das währenddessen in ihrer Tasche blieb. So wie sie kaum glauben konnte, wozu Adam fähig war, so sehr war er beeindruckt von der Technik der Linsen. So klein und unauffällig, ganz anders als vor vielen Jahren diese klobigen Datenbrillen. Und wie mochte Energieversorgung, Bildübertragung, Speicherung funktionieren? Sie hatte versucht, es ihm in groben Zügen zu erklären, aber irgendwann hatte er aufgegeben und abgewunken.

»Wie unpraktisch«, hatte er schließlich herumgealbert. »Dann muss man für ein Selfie ja ständig einen Spiegel mitschleppen.«

Sie blieben noch bis nach Einbruch der Dunkelheit im Park, auch wenn es irgendwann nicht mehr um sein Training ging, und nutzten die gemeinsame Zeit, um sich von ihrem Leben zu erzählen. Wie sie aufgewachsen waren, sich vorgestellt hatten, wie es wohl als normale Familie gewesen wäre. Und wie beide manchmal davon geträumt hatten, einen Bruder oder eine Schwester zu haben, um wenigstens das eigene merkwürdige Schicksal mit jemandem teilen zu können. Und in gewisser Weise, das wurde ihnen bewusst, hatten sie nun so jemanden gefunden.

23
Indikation: nutzlos

Am nächsten Tag waren Trish und Adam erst spät aufgebrochen, um sich vor Ort ein Bild von dem Gebäude zu machen, das seine Mutter beschrieben hatte. Sie wollten dort nach dem Feierabendverkehr eintreffen, wenn auf den Straßen wenig los war und sie sich unauffällig umsehen konnten. Sie parkten den weißen Chevy von der Autovermietung ein paar hundert Meter von der Adresse entfernt am Straßenrand und gingen zum Tor, das sie bereits vom Foto kannten. Sie hatten sich darauf eingestellt, an einer anderen Stelle über den Zaun klettern zu müssen, aber ein Flügel des Tors stand offen. Die Zufahrt, die sich in einem weiten Bogen bis hoch zum Hauptgebäude zog, war schmutzig und mit breiten Reifenspuren schwerer Baufahrzeuge übersät. Da sie keine Kameras fanden und niemanden sehen konnten, betraten sie das Grundstück und folgten dem Weg zum Haus. Es sah aus, als hätte es schon längere Zeit leer gestanden. Einige flache Nebengebäude flankierten das Haupthaus, das von einem Bauzaun umgeben war. Außerdem waren kürzlich Containerbauten nahe am Haus platziert worden, die zum Teil als Büro für die Bauleitung dienten. Teile des Dachs waren mit einer Plane abgedeckt. Auf den Fensterscheiben lag eine dünne Staubschicht. Trish und Adam zwängten sich durch eine Lücke im Bauzaun und betraten das Hauptgebäude durch die offenstehende Eingangstür. Sofort rochen sie die Mischung aus dem typischen Geruch alter, verlassener Gebäude und dem feinen Staub des Bauschutts, der sich in ihre Nasen setzte und sie zum Niesen reizte. Sie standen an der Rezeption, neben der eine breite Treppe in die oberen Stockwerke führte. Obwohl sie in einem historischen Gebäude waren, entsprach die Einrichtung eher dem Stil der Achtziger oder frühen Neunziger. Adam musste direkt an Arztserien des letzten Jahrtausends denken und stellte sich Personal in weißen Kitteln vor, das eilig die Treppe hinauf lief, Klemmbretter mit Patientendaten in der Hand. Schweigend streiften sie durch die Flure und sahen in jeden Raum; wenn sie etwas kommentierten, dann nur in gedämpftem Ton. Sie wussten, dass niemand hier war, aber es schien unpassend, an so einem Ort laut zu sprechen.

Im Erdgeschoss gab es außer Speisesaal, Küche und Wirtschaftsraum in der hinteren Ecke einen Raum mit roten Schaumstoffmatten auf dem Boden. An der Wand waren großflächige Bilder von Tieren, gemalt in leuchtenden Farben. Eine Kiste quoll über vor Spielzeug, alles bedeckt von Staub. Das hier musste der Kindergarten gewesen sein. Wahrscheinlich sollten die Kinder nicht nur in diesem Gebäude zur Welt kommen, sondern auch ihre ersten Lebensjahre hier verbringen. Trish und Adam hielten kurz inne, stellten sich die Kleinen vor, die von Beginn an ihrer Mutter entrissen worden waren und hier gespielt hatten. Dann erkundeten sie weiter die Räume der Einrichtung. Im Obergeschoss spürten sie sofort einen stärkeren Luftzug. Teile des Dachs waren schon abgedeckt, so dass der Wind gelegentlich durch das Gebäude fahren konnte und die äußeren Enden der Plane hörbar im Zug flatterten. Einige kleinere Räume waren schon geleert worden, bis auf sperrige Möbel wie Wandschränke. Auf den ersten Blick sah es aus, als hätte es auch auf dieser Ebene keine Unterkünfte gegeben, vermutlich waren die Schlafgelegenheit in einem der Nebengebäude gewesen. Sie stießen auf zwei Zimmer, die nach Büroräumen der Leitung aussahen. Ein riesiger Schreibtisch aus massivem Holz dominierte eines davon. Die Ablagefächer für den Posteingang standen noch darauf, allerdings leer, daneben ein großer steinerner Briefbeschwerer in Form einer Halbkugel. Auf dem Boden lagen ein paar verstreute Papierblätter herum, vergilbt und staubig. Trish hob ein paar davon auf. Nichts davon war aufschlussreich oder auch nur interessant, es gab etwa eine Bestandsaufstellung von Dingen für den Haushaltsbedarf mit genauen Mengenangaben und ähnliche Dokumente.

Im angrenzenden Zimmer, in dem zwei kleinere Schreibtische standen, beide geräumt, wurde die Wand beherrscht von hohen Metallschränken und einem kleineren mit großen Schubladen, vermutlich ein Archiv. Die Schranktüren der hohen Schränke standen leicht auf und gaben den Blick frei auf dunkle Regalböden. Das ließ wenig hoffen, noch etwas darin zu finden. Adam schaute dennoch nach: Bis auf zwei unbenutzte Aktenordner, ein paar verstreute Heftklammern und etwas, das wie Mäusekot aussah, waren die Schränke leer. Trish wandte sich dem kleinen Schrank in der Ecke zu. Sie zog an einer der Schubladen, aber sie blockierte nach wenigen Millimetern mit einem metallischen Klacken und ließ sich nicht öffnen.

»Abgeschlossen«, stellte Trish fest und probierte die restlichen Schubladen. Sie konnte keine davon aufziehen.

»Hier könnte noch etwas sein«, murmelte Trish und sah sich nach einem Gegenstand um, der ihr weiterhelfen konnte. Adam durchsuchte die Schubladen der Schreibtische nach einem passenden Schlüssel, fand aber keinen.

»Warte mal«, sagte Adam dann. Er erinnerte sich, unten bei den Abfallcontainern vor dem Haus eine Spitzhacke und ein Brecheisen gesehen zu haben. Er beeilte sich, das Werkzeug zu holen, dann setzte er die Brechstange an einer Schublade des Archivschranks an. Er zögerte; bisher hatten sie es kaum gewagt, in dem verlassenen Gebäude ihre Stimme zu erheben, und jetzt wollte er sich mit Gewalt Zugang zu Aufzeichnungen aus der Vergangenheit verschaffen. Aber nur einen Moment, schließlich waren sie nicht hierhergefahren, um dann diese Chance ungenutzt zu lassen. Die Schublade knackte, als er die Stange in einer Spalte ansetzte und Druck ausübte. Dann rutschte er ab und Metall schabte über Metall. Adam hielt den Atem an, als erwartete er, dass jemand aus dem unteren Stockwerk heraufrief, was denn da los sei.

»Worauf wartest du?« drängte Trish ihn.

Schnell hatte er neu angesetzt. Im zweiten Versuch sprang die Schublade krachend aus dem Schrank, der Riegel verschwand irgendwo im Inneren. Adam wiederholte den Vorgang mit allen Schubladen und warf das Brecheisen dann auf den Boden. Trish erkundete bereits den Inhalt. In Metallschienen waren die Mappen mit den Dokumenten eingehängt, scheinbar ganz so, wie sie vor Jahren verlassen worden waren. Adam nahm sich eine andere Schublade vor, um das System dieses Archivs zu verstehen. Neben vielen Dingen, die nur für die damalige Verwaltung interessant gewesen sein mochten, fanden sie eine Reihe von Aufzeichnungen, die nach Jahr und Datum sortiert waren. Jedes Blatt trug oben als Titel einen vollen Namen, darunter einen weiteren, dort aber nur einen Vornamen. Das mussten die Mütter und ihre Kinder sein, über die hier Aufzeichnungen geführt wurden. Mit Heftklammern war jeweils ein Foto der Mutter und eines des Kindes an der Akte befestigt. Geburtsdaten, Bemerkungen zum Gesundheitszustand, interne Vermerke zu zeitlichen Verläufen bei der Behandlung. Alles recht überschaubar, vermutlich war auch damals schon der Großteil der Daten über Computerdatenbanken verwaltet worden. Informationen zum Vater fehlten – oder zur Mutter, sollten die Frauen bereits befruchtete Eizellen zum Austragen erhalten haben, wie sich Adam erinnerte.

Trish und Adam verfielen wieder in ihr beinahe andächtiges Schweigen, während sie die Unterlagen durchsuchten. Ein Gesicht nach dem anderen blickte Adam entgegen. Er fühlte sich an CleerBloo erinnert, aber anders als während seiner Arbeit dort hatte er es hier mit echten Menschen, mit den Leben und Schicksalen von Frauen und ihren Kindern zu tun. Trish wühlte sich immer schneller durch die Akten, und Adam wusste, was in ihr vorging. Er machte sich wenig Hoffnungen, etwas über seine Mutter zu finden – außerdem interessierte ihn nur noch die Suche nach seinem Vater. Und genau diese Informationen schien es hier nicht zu geben. Alles andere, was ihm wichtig schien, hatte er schon erfahren. Sie allerdings…

Trish hielt plötzlich inne. Dann zog sie wie in Zeitlupe ein einzelnes Blatt hoch, um es genauer zu betrachten. Adam sah ihr über die Schulter.

»Mein Geburtsdatum«, murmelte sie. Adam las gespannt mit ihr: »Patricia, Mutter: Elisabeth Levine«. Das war es. Offensichtlich hatten sie es nicht für nötig gehalten, ihren Vornamen zu ändern. Eine hübsche Frau Mitte Zwanzig lächelte verhalten in die Kamera, das Foto war wie bei allen anderen Akten mit einer Heftklammer befestigt. Trishs Babyfoto fehlte, auch wenn die Klammer noch zu sehen war.

Zwei Augenpaare flogen über die Einträge. »Bei der Geburt verstorben« war dort knapp für Elisabeth vermerkt. Adam fuhr ein Schauer über den Rücken. Hier, in diesem Gebäude, hatte ihre Mutter vor vielen Jahren ihr Leben verloren. Für ein Kind, das sie nie in ihren Armen hätte halten sollen. Trish schwankte. Adam umfasste sie schnell und wollte sie tröstend an sich drücken. Doch sie schob ihn von sich und starrte weiter auf das Papier in ihren Händen. Unter dem kurzen Absatz mit dem Titel »Indikation« war eine handschriftliche Notiz hinzugefügt: »Keine Aufnahme in Programm, da kein Hinweis auf Fähigkeiten.« Und, weiter unten: »Zur Adoption freigegeben«, versehen mit einer schwungvollen Unterschrift.

Trish las alles erneut. Dann zog sie das Foto ihrer Mutter ab, rollte das Blatt zusammen und steckte beides ein. Trish sagte kein Wort, und auch Adam entschied sich, vorerst zu schweigen. Was hätte er in diesem Moment Passendes sagen können? Sie kehrten wieder auf den Flur zurück, der die Räume im Obergeschoss miteinander verband und erkundeten die restlichen Türen. Eine der verbliebenen Räumlichkeiten war mit Schwingtüren versehen und offenbar eine Art Operationsraum. Schnell wurde Adam klar, dass es der Kreißsaal gewesen sein musste, wenn man diese kleine Ausführung so nennen konnte; ein Entbindungsbett stand noch dort, zwischen Rollschränken und medizinischem Gerät. Wie versteinert blickten sie beide auf das Bett. Dann drehte sich Trish zu Adam, zum ersten Mal mit feuchten Augen, und beide umarmten sich still. Diesen Ort würden sie beide nie wieder vergessen. Hier mussten sie zur Welt gekommen sein; hier starb Trishs Mutter.

24
Eine große Familie

Im Licht der untergehenden Sonne hatten sie das Gelände verlassen. Gerade noch rechtzeitig; als sie schon wieder zurück auf der vorbeiführenden Straße waren und sich auf dem Weg zu ihrem Chevy befanden, bog ein Wagen eines Sicherheitsdienstes auf das Grundstück ein, um eine Kontrollfahrt zu machen.

Sie fragten sich, warum man das Haus wohl aufgegeben hatte. Wurde das ganze Programm eingestellt? Oder war man einfach nur an einen anderen Standort umgezogen, vielleicht mit modernerer Einrichtung?

Auf der Rückfahrt sprachen sie nicht viel. In ihren Gedanken verarbeiteten beide die Eindrücke aus dem Geburtshaus, mitsamt der neuen Erkenntnisse, die sie dort gesammelt hatten. Zurück in Trishs Wohnung war es Adam, der das Schweigen brach.

»Wie es aussieht, wissen wir jetzt wenigstens, wo alles für uns anfing. Aber unsere Väter kennen wir immer noch nicht.«

Dann ergänzte er: »Und warum das alles?«

»Ist das nicht offensichtlich?«, fragte Trish. Sie holte noch einmal das Blatt hervor, das sie aus dem Archivschrank mitgenommen hatte, und warf es auf den Küchentisch.

»Bei mir fehlte etwas, weshalb ich für sie uninteressant geworden war. Hier steht's doch: Es ging ihnen um besondere Fähigkeiten.«

»Du meinst, wie meine...«

»Genau. Wie viele Leute kennst du noch, die Pflanzen durch Gedankenkraft steuern können?«

Adam runzelte die Stirn.

»Aber was nutzt ihnen das? Sie wollen uns ja wohl kaum in Shows in Vegas auftreten lassen, um damit Geld zu verdienen. Oder das Wachstum in Treibhäusern optimieren.«

Ihm fehlte die Fantasie, um sich einen gewinnbringenden Nutzen für einen derart hohen Aufwand vorzustellen.

»Wer sagt, dass es immer nur um Pflanzen geht?« entgegnete Trish. Sie fuhr fort: »Hast du mal daran gedacht, was wäre, wenn Menschen das Ziel sind anstelle von Pflanzen? Oder es noch ganz anders geartete Fähigkeiten gibt? Außerdem geht es nicht um uns, du bist derjenige, den sie haben wollten.«

»Oder auch nicht«, spekulierte Adam. »Vielleicht ist meine Mutter mit mir geflüchtet, bevor sie irgendetwas herausfinden konnten. Welche Fähigkeiten ich habe – und ob überhaupt welche vorhanden sind.«

»Mag sein«, murmelte Trish und schaute auf das vergilbte Blatt Papier. Dann legte sie das Foto ihrer Mutter sorgfältig daneben und sah es eine Weile an.

Adam wollte weiter zusammentragen, was sie wussten und was sie daraus schließen konnten, welche neuen Fragen sich dadurch ergaben.

»Wonach haben sie unsere Mütter ausgewählt? Oder spielten sie keine große Rolle und es ging nur um das Genmaterial der Väter?«

»Falls es überhaupt mehrere Väter gab«, warf Trish ein und sah Adam bedeutungsvoll an. »Wenn es hier um derart seltene Fähigkeiten geht…«

»Stimmt, es ist schon unwahrscheinlich genug, überhaupt einen einzelnen Kandidaten zu finden.« nickte Adam. Dann ging ihm auf, worauf Trish hinauswollte.

»Das würde ja bedeuten – wir haben vielleicht denselben Vater?«

Trish sah ihn ernst an, ohne das Offensichtliche zu kommentieren. Dann musste sie grinsen.

»Jetzt bist du froh, dass wir nichts angefangen haben, was?«

Adam schwirrte der Kopf. Er lächelte matt.

»Das ist alles…« begann er und verstummte dann. Trish dagegen drehte auf.

»Stell dir vor«, sagte sie aufgeregt. »Wir haben wahrscheinlich noch einen ganzen Haufen Brüder und Schwestern da draußen. Oder Halbbrüder und -schwestern«, korrigierte sie sich. »Und zumindest ein paar davon könnten solche Freaks sein wie du«, zog Trish ihn auf.

»Vielen Dank«, gab Adam ironisch zurück, aber auch er musste allmählich breit lächeln. Ihre Energie steckte ihn an.

»Also«, sagte er dann, um das Gespräch wieder in eine sinnvolle Richtung zu lenken. »Wie finden wir jetzt mehr heraus?«

»Mal sehen... Wir haben ja auch noch ein paar ungeklärte Fragen rund um Ted«, erinnerte Trish.

»Ted? Welcher... Ach, richtig. Alias Sarah. Der Waffennarr, der mein Apartment zerstört hat.«

»Wie wir vermuten«, stellte Trish richtig. »Aber es sieht schon so aus, als würde er – oder einer seiner Perseus-Leute – dahinterstecken. Und jetzt«, ergänzte sie, »wissen wir auch, worum es ihnen geht.«

»Wissen wir?« fragte Adam verblüfft.

»Die Spawns – du erinnerst dich? Die Ausgeburten? Das sind wir. Oder vielmehr du und deine Halbgeschwister.«

Mit einem Mal wurde Adam die Verbindung deutlich:

»Irgendwie haben sie davon erfahren, dass es Menschen wie mich gibt. Und wollen sie beseitigen.«

»Soweit klar«, bestätigte Trish. »Aber wer ist diese Medusa?«

»Ich habe keine Idee. Vielleicht hat Myrddin in der Zwischenzeit noch etwas herausbekommen?«

»Gut möglich. Auf jeden Fall sollten wir Teds Daten weiter durchsuchen. Möglicherweise finden wir ja über diesen Umweg mehr über dieses Clay-Unternehmen heraus, dem wir das alles hier zu verdanken haben. Die Perseus-Leute könnten einiges wissen.«

Trish war zu ungeduldig, um die Fortsetzung der Suche zu vertagen. Während sie alles vorbereitete, um die Dateiverzeichnisse weiter zu durchforsten, nahm sie Kontakt zu Myrddin auf. Er hatte tatsächlich Neuigkeiten für sie. Gerade in den letzten Minuten war er auf einige interessante Dinge gestoßen.

»Zuerst die simplen Sachen. Wir bekommen eine Idee davon, wie Ted aussieht.«

Er schickte drei Fotos. Eines zeigte drei Männer schätzungsweise zwischen 30 und 45 in einer Mischung aus Gummistiefeln und Latzhose auf einem Holzsteg, die jeder einen glänzenden Fisch in die Höhe hielten. Stolze Angler mit ihrer Beute. Auf dem nächsten posierte ein Paintball-Team in blaugrauen Pseudo-Tarnfarben für ein gemeinsames Siegerfoto. Und das dritte Foto zeigte, leicht körnig und bei schlechten Sichtverhältnissen aufgenommen, das innere einer Sportkneipe mit Fernsehern an der Wand. Vier Männer stießen mit ihren Biergläsern an und grinsten dabei in die Kamera, als gäbe es etwas zu feiern.

»Fällt euch was auf?« schrieb er und machte eine dramatische Pause, bevor er auflöste. »Genau: Nur zwei Typen sind auf mehreren Fotos zu sehen. Einer davon auf allen. Schätze, das ist unser Mann.«

Bevor Trish die Bilder nebeneinander schieben und vergleichen konnte, kam bereits ein weiteres Bild, auf dem Myrddin die passenden Köpfe aus den Bildern ausgeschnitten und nebeneinander montiert hatte: Ein stämmiger Mann Anfang 40, den breiten Schädel auf wenige Millimeter rasiert, mit einem gepflegten kurzen Kinnbart.

»Treffer. Das muss er sein!« schrieb Trish zurück.

»Gern geschehen. Bevor ich zum Rest komme…«

»Ja?« forderte Trish ihn auf, weiterzuschreiben.

»Was geht hier eigentlich vor?! Alte Fotos von Müttern, Perseus, Spawns. Vielleicht klärt ihr mich mal auf.«

Trish warf Adam einen fragenden Blick zu. Der meinte nur:

»Er gehörte doch von Anfang an zum Team, oder? Wenn du ihm vertraust, erzähl ihm gerne alles.«

»OK, das dauert jetzt etwas«, tippte Trish in das Chat-Fenster. Sie füllte für Myrddin die Lücken zwischen den Dingen, die er aus seiner bisherigen Recherche für sie bereits wusste, und schilderte sowohl Adams Situation, als auch das, was sie in den letzten Tagen über ihre Herkunft herausgefunden hatten. Adam erinnerte Trish zwischendurch an wichtige Erkenntnisse, die sie ausgelassen hatte, Myrddin aber noch nicht wissen konnte.

»Wow«, war schließlich die Reaktion. »Und Adam ist so ein 'Mind over Matter'-Typ? Psychokinese und sowas?«

»Yep«, kam die knappe Antwort von Trish.

»Ihr verarscht mich.«

Adam schlug Trish vor, Myrddin eines der Videos aus dem Park zu schicken, als sie seine Fähigkeiten trainiert hatten.

»Warte«, schrieb Trish, dann wählte sie eine Datei aus und lud sie hoch. Es dauerte einen Moment, bis ihr Chat-Partner das Video gesehen hatte.

»Unglaublich«, erschien es im Chat-Fenster.

»Das bleibt wie immer unter uns, klar?« unterstrich Trish.

»Klar«, kam es zurück. »Ihr habt meine Unterstützung.«

»Das wissen wir zu schätzen! Danke für deine Hilfe.«

»Immer gern. Ich liebe spannende Storys. Also weiter...«

»Du hattest noch was gefunden?«

»Allerdings, könnte sehr interessant sein. Schau dir die Datei mal an«, schrieb Myrddin und schickte den Pfad auf ein bestimmtes Dokument in der Verzeichnisstruktur der Daten, die sie bis zum Abbruch der Verbindung von Teds Rechner kopiert hatten. Trish sah sofort nach und las das Textdokument mit dem Titel »Target Spawns.rtf« zusammen mit Adam. Es war eine Liste mit Namen, ergänzt durch Notizen. Manche komplett mit Vor- und Nachnamen, teils sogar mit Adresse, bei anderen gab es nur so etwas wie Nick- oder Profilnamen von Online-Plattformen. Einige der Einträge waren vollständig durchgestrichen. Sofort hatte Trish einen schlimmen Verdacht. Sie überprüfte ein paar der Einträge, die mit vollen Namen versehen waren, indem sie eine schnelle Online-Suche durchführte. Ihre Vermutung bestätigte sich: Jeder Name, dessen Eintrag durchgestrichen war, stand mit einem Todesfall in Verbindung. Sie stieß auf ungeklärte Gewaltverbrechen und einen Tod durch eine Gasexplosion, der als Unfall gemeldet war.

»Das ist eine Todesliste« sprach Adam aus, was sie beide dachten. Und auf der zweiten Seite der Liste fanden sie Adam samt Adresse. Sein Eintrag war nicht durchgestrichen, stattdessen war vermerkt:

»Entkommen. Aufenthaltsort unklar.« Adam lief es kalt über den Rücken.

Sie tauschten sich per Chat mit Myrddin aus, der zu denselben Schlüssen gekommen war.

Dann erschien im Chat-Fenster: »Schaut euch mal Tim Loomis an. Der ist in Gefahr, würde ich sagen.«

Trish scrollte noch einmal durch die Liste, bis Adam und sie den Eintrag zu einem Timothy Loomis lesen konnten. Er war relativ weit unten auf der Liste und der Einzige, der mit voller Adresse eingetragen, aber nicht durchgestrichen war.

»Verdammt«, tippte Trish. »Der könnte der Nächste sein.«

»Macht damit, was ihr wollt. Könnte für die Polizei interessant sein. Bezweifle aber, dass das für sie reicht.«

Dann verabschiedete er sich: »Bin raus für heute, hab noch einen Kundenauftrag für einen Sicherheits-Check bis Morgen. Viel Glück! Haltet mich auf dem Laufenden.«

Trish und Adam hatten sofort versucht, sich ein genaueres Bild der Lage zu machen, bevor sie eine Entscheidung über die nächsten Schritte trafen. Dieser Tim war zweifellos in Gefahr. Die Polizei zu informieren schien ihnen genau wie in Adams Fall wenig erfolgversprechend. Zu groß war der Berg an Daten, der genaue Auswertung verlangte, um die Liste einordnen zu können. Dazu kam das Problem der Glaubwürdigkeit. Sobald man in einer Untersuchung auf die psychokinetischen Fähigkeiten gestoßen wäre, stünde das komplette Material in Frage. An das sie außerdem nur auf illegalem Weg gelangt waren. Im besten Fall würde man also einfach eine Streife vorbeischicken, um nach dem Rechten zu sehen und ein paar Fragen zu stellen. Ihnen war daher schnell klar geworden, dass sie selber handeln mussten.

Tim war Physiotherapeut, die gelistete Adresse die seiner Praxis. Zu dieser Uhrzeit würde er nicht mehr arbeiten. Falls er also nicht unmittelbar bei seinen Behandlungsräumen wohnte oder ihm bereits vor Stunden jemand nach Hause gefolgt war, standen die Chancen gut, dass ihm vorläufig nichts geschehen würde. Sie entschlossen daher, ihn am nächsten Tag bei der Arbeit zu kontaktieren, um ihn zu warnen. Adam ahnte, dass ihnen eine unruhige Nacht bevorstand.

25
Hunter III

Als Hunter an der vereinbarten Stelle eintraf, stand Taylor bereits dort und wartete auf ihn, einen Armeerucksack an seiner Seite. Hunter lenkte den Van an den Straßenrand und ließ ihn einsteigen. Zur Begrüßung reichte ihnen ein kurzes Nicken. Unwahrscheinlich, dass sie auf der Fahrt allzu viel Smalltalk halten würden. Sie kannten ihr Ziel und hatten sich auf ihre Aufgabe zu konzentrieren.

Hunter ärgerte der Gedanke, dass Ted ihm seit seinem letzten Misserfolg nur noch die Rolle des Fahrers zugewiesen hatte. Es drängte ihn danach, sich zu beweisen. Zu zeigen, dass er eine entscheidende Rolle einnehmen konnte für das gemeinsame Ziel: eine Bedrohung aus der Welt zu schaffen, bevor sie zum ernsthaften Problem wurde. Kreaturen vom Angesicht der Erde zu tilgen, die in Gottes Schöpfung nicht vorgesehen waren. Unnatürlich, abartig und gottlos. Er empfand sich als Teil einer geheimen Bruderschaft, die für die Menschheit im Verborgenen kämpfte. Vielleicht ein wenig wie die Kreuzritter, dachte er sich, geübt im Kampf, rechtschaffen. Und fest entschlossen, allen unchristlichen Umtrieben ein Ende zu setzen.

Vorstädte und Gewerbegebiete zogen an seinem Seitenfenster vorbei, bevor sie erstmals auf den Highway auffuhren.

Außerdem, überlegte er, wurde es mal wieder Zeit für ein bisschen Action.

26
Stimulans, Relaxans

Sie hatten eine lange Fahrt hinter sich, als sie schließlich auf den Parkplatz vor dem »Center for Physical Therapy« einbogen. Trish hatte noch in der Nacht eine kurze E-Mail an die Adresse der Praxis geschrieben, die sie auf der Website gefunden hatte, in der sie Tim warnte. Sie hatte nicht offen schreiben können, da sie nicht wusste, ob nur er seinen Posteingang öffnen konnte oder vielleicht auch Mitarbeiter, also hatte sie genauere Erklärungen ausgeklammert. Unterwegs hatte Adam immer wieder angerufen, aber entweder war die Leitung besetzt gewesen oder nur der Anrufbeantworter hatte sich gemeldet.

Nun hielten sie vor dem flachen Gebäude, das sich verschiedene Osteopathen, Chiropraktiker und Physiotherapeuten teilten. Nur wenige Wagen standen noch in den Parkbuchten des Zentrums. Offenbar waren die Behandlungsräume bereits leer und selbst das Personal hatte die Praxen größtenteils verlassen.

Adam und Trish stiegen aus und schauten sich vorsichtig um, bevor sie das Zentrum betraten. Eine früh ergraute Frau mittleren Alters mit langen, zum Zopf geflochtenen Haaren zog gerade die Tür einer Praxis zu und nickte ihnen freundlich, aber auch sichtlich neugierig zu, dann ging sie an ihnen vorbei zum Parkplatz. Sie folgten der Beschilderung zu den Räumen von Timothy Loomis. Durch die Glastür konnten sie Empfang und Büro überblicken, aber niemanden sehen. Die Tür war nicht abgeschlossen, also traten sie ein. Nach dem, was sie in der Perseus-Liste gesehen hatten, befürchtete Adam das Schlimmste. Entschlossen machte er ein paar Schritte an der Empfangstheke vorbei und sah dahinter auf den Boden. Er hatte schon damit gerechnet, dort einen leblosen Körper zu finden. Erleichtert schaute er sich mit Trish weiter um.

»Kann ich euch helfen?«

Sie wirbelten herum, als sie plötzlich die feste Stimme hinter ihnen hörten. Sie erkannten Tim vom Team-Foto der Website wieder: Halblange, leicht lockige Haare, gebräunte Haut, schlanke, aber sportliche Statur – er hätte der typische Surfer sein können, wenn er nicht seinen Arztkittel in Praxisfarben getragen hätte und das Meer nicht mehrere Tagesreisen entfernt gewesen wäre. Die Tür hinter ihm schwang automatisch wieder zu. Tim blickte sie misstrauisch an und wartete auf eine Antwort.

»Wir haben dir schon gestern eine Nachricht geschickt…« begann Adam.

»Ach, die Drohung kam von euch beiden?«

Tims Haltung spannte sich noch stärker, während er sie fixierte.

»Das ist ein Missverständnis«, versuchte Trish ihn zu beruhigen. »Wir wollten dich warnen, nicht dir drohen. Du bist in Lebensgefahr, genau wie Adam hier.«

Sie deutete dabei mit einer Kopfbewegung auf Adam neben ihr. Der ergänzte:

»Wir wissen von deinen Fähigkeiten.«

Tim kniff seine Augen zusammen und sagte knapp mit einem Blick auf Adam:

»Also schön, was soll das ganze Theater? Was für Fähigkeiten? Wer seid ihr?«

Adam wurde allmählich unruhig. Durch die Glastür spähte er schnell hinüber zum Parkplatz. Er wusste nicht, wie viel Zeit ihnen blieb, also wollte er die Diskussion möglichst beschleunigen.

»Vielleicht können wir das abkürzen«, schlug Adam vor und sah hinüber zu einer Gruppe typischer pflegeleichter Büropflanzen in großen Töpfen voller Hydrokulturkugeln. Nach dem Training der vergangenen Tage fiel es ihm leicht, sofort zu erreichen, was er wollte: Eine der Pflanzen bewegte sich leicht, dann schien sie sich nach oben zu strecken und wuchs innerhalb von Sekunden um mehrere Zentimeter. Die kleinen Tonkugeln im Pflanzkübel gerieten durch das schnelle Wachstum in Bewegung und begleiteten die kleine Vorführung mit ihren typischen Geräuschen.

Tims war verblüfft, aber nur für einen Moment. Dann deutete sich zum ersten Mal ein Lächeln an.

»Verstehe… Dann erklärt mal – wovor müssen wir Angst haben?«

Adam und Trish halfen sich gegenseitig dabei, in knapper Ausführung zu schildern, wie Adam beinahe Opfer eines Anschlags geworden war, wie sie von Ted und seiner Perseus-Gruppe erfahren und schließlich Tim auf einer Todesliste gefunden hatten. Tim folge ihren Erklärungen aufmerksam, schwieg einen Moment und nickte dann.

»OK, ich schließe noch die Praxis ab, dann besprechen wir alles in Ruhe bei einem Bier«, schlug er vor.

Adam sah im selben Moment, wie ein dunkelblauer Van unmittelbar vor dem Eingang des Zentrums hielt. Die Beifahrerseite öffnete sich, und ein bulliger Kerl in Cargo-Hose mit Tarnmuster stieg aus und steckte sich etwas in die Innentasche seiner Jacke.

»Dafür könnte es zu spät sein«, meinte Adam und schob Trish und Tim von der Tür weg und damit aus dem Bereich, der vom Eingangsbereich des Zentrums aus einsehbar war. »Gibt es einen Hinterausgang?«

»Nein«, antwortete Adam zunächst, bevor ihm etwas einzufallen schien.

»Kommt!« forderte er sie auf und beschleunigte seine Schritte, um denn eine Tür zu den Toilettenräumen zu öffnen.

»Hier gibt es ein Fenster nach hinten.«

Drinnen deutete er auf das Fenster über dem Waschbecken, während er nach etwas suchte, um die Tür zu verrammeln. Der Mülleimer in Türnähe war zwar riesig und stabil, aber reichte nicht ganz bis zur Türklinke. Adam öffnete in der Zwischenzeit das Fenster und half Trish dabei, auf das Waschbecken und hinaus zu klettern. Tim quetschte einen Seifenspender zwischen Klinke und Mülleimer.

»Verdammt, das hält keine zwei Sekunden«, fluchte er.

»Egal, schnell jetzt!«, drängte Adam und zog ihn von der Tür weg. Geschickt sprang Tim in einer fließenden Bewegung auf das Becken und hoch zum Fenster. Adam hörte durch die Tür, wie sich schwere Schritte durch den Korridor näherten, und zog sich ebenfalls nach oben. Adam und Trish unterstützten ihn von draußen dabei, sich schnell durch das Fenster zu zwängen und zogen ihn halb hinunter. Drinnen rüttelte es an der Tür.

Adam und Trish sahen viele Freiflächen zwischen den benachbarten Häusern, umgeben von kurzgeschnittenem Rasen und meist niedrig gehaltenen Büschen. Das bedeutete lange Fluchtwege und wenig Möglichkeiten, Deckung zu finden oder sich zu verstecken.

»Hier lang«, übernahm Tim jetzt die Führung. Sie rannten an der Rückseite des Zentrums entlang und bogen um die Ecke, wo sie hinter einem Rollcontainer kurz verschnauften.

»Ihr parkt vorne?« wollte Tim wissen.

»Ja«, bestätigte Trish kurzatmig.

»Sie aber leider auch. Einer von ihnen sitzt noch im Van«, erklärte Adam die Lage.

»Ich hole das Auto.« Trish klang entschlossen. »Sie kennen mich noch nicht.«

Und schon lief sie wieder los, bevor Adam protestieren konnte, um dann kurz vor der nächsten Ecke ihr Tempo zu drosseln und den Parkplatz mit langen, aber gemäßigten Schritten zu betreten. Adam hoffte, dass der Fahrer des Vans keinen Verdacht schöpfen würde, wenn er Trish nicht aus dem Haupteingang kommen sah. Dann verschwand sie aus dem Sichtfeld der beiden anderen. Sofort richteten sich ihre Blicke wieder in Richtung der Hinterseite des Zentrums, Jederzeit rechneten sie damit, dass ihr Verfolger dort auftauchte. Es dauerte eine gefühlte Ewigkeit, bis sie hörten, wie der Motor ihres Leihwagens ansprang, und noch einmal so lange, bis er um die Ecke bog und Trish endlich neben ihnen hielt. Adam und Tim sprangen aus ihrer Deckung hinüber, rissen die Türen auf und brachten sich in Sicherheit. Als Trish gerade anfuhr und Adam seine Türe noch nicht ganz geschlossen hatte, stand er plötzlich vor ihnen, ungefähr 20 Meter entfernt. Sein Brustkorb hob und senkte sich sichtlich, während er die Situation erfasste und in seine Jacke griff. Trish beschleunigte und riss gleichzeitig das Steuer herum, aber sie musste während der Drehung zunächst in seine Richtung fahren. In Sekundenbruchteilen hatte er eine Waffe gezogen und richtete sie direkt auf sie. Instinktiv machte Adam sich klein und zog seinen Kopf ein. Er saß neben Trish auf dem Beifahrersitz und hielt die Luft an. Jeden Moment rechnete er damit, die Kugeln durch die Windschutzscheibe schlagen zu hören. Aber ihr Verfolger verriss den Schuss, der ganze Arm zuckte nach oben weg, während Trish mit wenigen Metern Abstand im Bogen des Wendekreises an ihm vorbeifuhr und weiter Gas gab. Adam drehte sich im Sitz um; auch Tim auf der Rückbank hatte sich ihrem Gegner zugewandt. Der zielte erneut – und fluchte, als ihm eines seiner Beine einknickte und er strauchelte. Jetzt konnte Trish auf gerader Strecke weiter beschleunigen. Sie brachte den Wagen auf hohe Geschwindigkeit, so dass ihr Verfolger bald kaum mehr zu sehen war. Als sie kurze Zeit später auf eine größere Straße einbog und sich in den Feierabendverkehr mischte, wussten sie, dass sie in Sicherheit waren. Doch in ihren Körpern sorgte das Adrenalin immer noch dafür, dass ihre Herzen bis zum Hals schlugen.

27
Schulfreunde

»So, Leute«, sagte Tim, während er das Tablett voller Fast Food vor den beiden anderen auf den Tisch stellte. »Dann lasst mal die ganze Geschichte hören.«

Sie hatten sich gegen seine Stammkneipe entschieden und stattdessen ein weiter entferntes Schnellrestaurant aufgesucht, um eine Verschnaufpause zu bekommen und sich auszutauschen. Außerdem hatten sie mittlerweile wirklich Heißhunger und stürzten sich regelrecht auf das fettige, heiße Essen.

»Du zuerst: Das mit den Zuckungen bei diesem Perseus-Typen – das warst du, oder?« wollte Adam wissen, während er sich eine Fritte aus der Pappschale angelte. Ihm war klar, dass sie bei ihrer Verfolgung nicht einfach nur Glück hatten, weil keine Kugel sie erwischt hatte.

Tim griff nach einem Burger und grinste.

»Gut beobachtet. Muskeln anspannen und entspannen, das ist mein Ding. Ich kann dir sagen, da ist Physiotherapeut eine gute Berufswahl.«

Er hielt seine linke Hand hoch, während er die andere nutzte, um einen kräftigen Biss von seinem Burger zu nehmen.

»Meine Kunden sagen«, erzählte er mit vollem Mund, »ich hätte magische Hände.«

Er wischte sich, noch kauend, den Mund mit einer Papierserviette ab.

»Dabei ist es wohl eher mein Kopf, der magisch ist. Aber genug von mir... Ich kenne euch nicht von der Schule. Wie kommt das?«

Trish und Adam sahen von ihrem Essen auf.

»Was für eine Schule?« fragte Trish.

»Na, die Boarding School, die BSTS...!«

»Es gibt eine spezielle Schule für Leute wie uns?« hakte Adam nach.

»In gewisser Weise, auch wenn das nicht jeder wissen soll.« bestätigte Tim. »Offiziell heißt sie Thomas Clay Boarding School for Talented Students.«

Adam und Trish sahen sich an. Hier hatten sie einen neuen Ansatzpunkt für weitere Recherchen. Dann erläuterte Adam:

»Ich selbst habe gerade erst herausgefunden, was ich kann. Meine Mutter hat sich unmittelbar nach meiner Geburt dem Programm entzogen und ist mit mir untergetaucht, weil sie mich nicht abgeben wollte.« Er deutete auf Trish neben sich. »Trish ist gewissermaßen aussortiert worden, weil sie keine Fähigkeiten gezeigt hatte.«

Er vermied es, an dieser Stelle vom Tod ihrer Mutter zu sprechen.

»Dabei hat sie ein fotografisches Gedächtnis und ist hochintelligent.«

»Danke für die Blumen«, nahm Trish den Faden auf. »Jedenfalls versuchen wir herauszufinden, wer in der ganzen Geschichte unsere Väter sind. Da die Mütter offenbar nur danach ausgesucht wurden, ob sie gesund und bereit sind, ihr Kind nach der Geburt freizugeben, stellt sich die Frage nach den entscheidenden Genen. Wo kommt das Erbmaterial her, das Adam und dich zu etwas Besonderem macht?«

»Das kann ich euch leider nicht beantworten«, sagte Tim. »Soweit ich weiß, sind alle auf der Schule von Adoptiveltern großgezogen worden. Die leiblichen Väter unbekannt, die Mütter blieben anonym.«

»Erzähl uns von der Schule!« forderte Trish ihn auf. »Wie war es dort?«

»Wo soll ich anfangen?« überlegte Tim. »Zunächst einmal war es ein Internat wie viele andere auch. Schulbetrieb mit gehobenem Anspruch, ein breites Angebot an Sportangeboten und Kursen für alle möglichen Interessen.«

Tim führte zwischen ein paar Bissen in seinen Burger aus, wie sich der Alltag in der Schule gestaltete. Dabei wurde klar, dass ihm vor allem sportliche Erfolge im Gedächtnis geblieben waren. Schließlich kam er zum Thema, das seine Zuhörer interessierte:

»Und dann gab es natürlich das Förderprogramm. Alle wurden gemeinsam, aber auch einzeln trainiert, jeder nach seinen Fähigkeiten. Begleitet von medizinischen Untersuchungen. Alles wurde fein säuberlich dokumentiert. Es gab Momente, da fühlte man sich ein bisschen wie ein Versuchskaninchen. Aber alles in allem eine gute Zeit.«

»Nicht gerade Hogwarts«, fügte er grinsend hinzu. »Aber wir hatten schon Glück, dort aufwachsen zu können.«

Adam ließ sich genauer erklären, wie die Trainingseinheiten abgelaufen waren. Er hätte sich gewünscht, früher von seinen Fähigkeiten erfahren zu haben und darin unterstützt worden zu sein. Aber nicht um den Preis, nicht bei seiner Mutter aufwachsen zu dürfen.

»Wie konnte die Schule verhindern, dass die Kinder überall erzählen, was sie können?« fragte Trish interessiert.

»Die Eltern – also Adoptiveltern – waren instruiert, nichts davon bekannt werden zu lassen. Im Gegenzug gab es einen großzügigen Ausbildungsfonds, der auch nach der Schule zum Beispiel für ein Studium bereitstand. Uns Schülern hat man früh klargemacht, dass wir unsere Fähigkeiten besser für uns behalten. Die Lehrer schärften uns ein, dass die Gesellschaft uns mit Ablehnung, schlimmstenfalls mit Gewalt begegnen würde, wenn man davon erfährt. Wenn ich an eben denke, war das absolut richtig.«

Tim bedankte sich noch einmal dafür, dass die beiden die weite Fahrt auf sich genommen hatten, nur um ihn zu warnen – und ihm somit vermutlich das Leben gerettet hatten.

»Ich bin euch etwas schuldig, denke ich.«

Trish überging die Bemerkung und fragte weiter:

»Hast du eine Idee, weshalb Thomas Clay sein Vermögen in so eine Schule gesteckt hat?«

»Naja, wenn ich an die Milliarden denke, die er besitzen soll, ist das nur ein kleiner Bruchteil seines Vermögens. Warum er das macht… Er hat so viele gemeinnützige Stiftungen, Förderinitiativen… Steuern sparen? In der Öffentlichkeit gut dastehen? Persönliches Interesse? Vielleicht ist er einfach nur ein Menschenfreund?«

»Oder ein bisschen von allem«, half Adam.

»Welcher Menschenfreund kauft Frauen ihre Kinder ab, um Material für seine Experimente zu haben?« zischte Trish. Ihre Augen verengten sich.

Tim sah überrascht aus.

»Wie meinst du das: Er kauft sie ihnen ab…?«

Offenbar wussten die Schüler zwar, dass ihre Mütter sie zur Adoption freigegeben hatten. Dass es dabei von Anfang an um eine vertragliche Einigung ging und die Kinder erst zu diesem Zweck ausgetragen wurden, war scheinbar nicht bekannt. Trish und Adam erzählten von ihrem Besuch in dem verlassenen Geburtshaus und ihren Entdeckungen in alten Archivschränken. Adam gab außerdem wieder, was seine Mutter ihm nach so vielen Jahren anvertraut hatte. All das stimmte Tim nachdenklich.

»Davon habe ich nichts gewusst«, sagte er mit leiser Stimme.

»Es gab also nichts, was euch daran merkwürdig vorgekommen war?« bohrte Trish.

»Im Grunde nicht«, bekräftigte Tim. »Wir fühlten uns eher privilegiert. Gut, die ständigen Untersuchungen waren lästig, aber wir sind ja auch alle in einer ungewöhnlichen Situation – mit Fähigkeiten, die sonst niemand hat.«

Er schwieg einen Moment, dann fügte er hinzu:

»Es gab allerdings Gerüchte… Es hieß, dass man bestimmte Schüler auswählte, um sie gesondert zu trainieren. Ohne dass es die anderen wissen sollten. Also so eine Art geheimer, elitärer Kreis.«

Adam und Trish wurden hellhörig und warteten gespannt auf weitere Ausführungen.

»Es hieß dann, derjenige oder diejenige wäre mal wieder verschwunden. Ich hatte den Eindruck, diese Gerüchte gab es nur bei den besonders unangenehmen Mitschülern. Ihr wisst schon, die Skrupellosen. Die einem beim Sport ohne Zögern die Knochen brechen, wenn sie damit einen Punkt mehr holen.«

Tim tunkte eine Fritte in den letzten Klecks Mayonnaise und ließ sie dann in seinem Mund verschwinden.

»Aber wie gesagt, alles Gerüchte. Ich schätze, Schüler denken sich überall solche Geschichten aus.«

»Wer weiß… Das klingt ziemlich interessant in meinen Ohren. Hinter den Gerüchten könnte sich etwas Wichtiges verbergen«, gab Trish zu bedenken. »Für den Moment haben wir aber genug andere Dinge zu klären.«

»Wie geht es weiter? Was habt ihr jetzt vor?«, wollte Tim wissen.

Jetzt, da keiner mehr auf der Liste übrig war, der akut gefährdet schien, konnten sich Trish und Adam wieder auf die Suche nach ihren Vätern konzentrieren. Oder nach ihrem gemeinsamen Vater, was ihnen nach wie vor wahrscheinlicher erschien. Sie teilten ihren Verdacht mit Tim, dass sie beide und damit auch Tim womöglich Halbgeschwister waren. Das war eine weitere Erkenntnis, die Tim verblüffte. Adam konnte sich nur allzu gut in das Gefühl hineinversetzen, dass Tim die eigene Lebensgeschichte plötzlich in einem ganz anderen Licht sah. Tims Mimik spiegelte wider, was für eine Flut an Gedanken auf ihn einstürzte. Er versicherte den beiden, dass er ohnehin in ihrer Schuld stand und sie bei ihren Plänen so gut es ging unterstützen wolle. Zunächst aber musste er eine Lösung finden, wie er selbst mit der neuen Bedrohung umgehen konnte. Als Erstes beschloss er, die Praxis vorübergehend zu schließen, und beauftragte eine Mitarbeiterin per Textnachricht, seine Patienten zu informieren. Dann diskutierten sie, ob seine Privatadresse ebenfalls bekannt geworden sein konnte. Wenn, dann hätte das in der Zwischenzeit seit dem Download der Todesliste passiert sein müssen. Leider war es nicht ausgeschlossen, dass die Perseus-Leute nicht untätig geblieben waren und mehr herausgefunden hatten. Auch die Möglichkeit, die Polizei zu informieren, wurde erneut diskutiert. Ihnen war aber klar, dass wesentliche Teile ihrer Geschichte zu unglaubwürdig klangen, um ernst genommen zu werden. Außerdem hatten weder Adam noch Tim Interesse daran, als verrückte Laune der Natur einer breiten Öffentlichkeit bekannt zu werden. Es schien also sicherer, wenn Tim vorerst nicht in seinem Haus wohnte. Allerdings wollte er zumindest noch einmal dorthin, um so schnell wie möglich ein paar Sachen mitzunehmen. Er dachte daran, sich in einem Hotel einzuquartieren, bis sie eine Lösung gefunden hatten. Trish schlug alternativ vor, dass Tim sich ihnen für eine Weile anschloss und ebenfalls vorübergehend bei ihr wohnte. Schließlich stimmte Tim zu.

Während er später in seinem Hausflur verschwand, um das Nötigste für ein paar Tage in eine große Sporttasche zu packen, warteten Adam und Trish im Wagen vor seinem Haus. Sie nutzte die Gelegenheit, ihre Nachrichten nachzusehen, und fand eine Mitteilung von Myrddin. Er hatte immer wieder in unregelmäßigen Abständen die gesammelten Tastatureingaben überprüft, die immer noch von Teds Rechner geschickt wurden. Die Schwierigkeit dabei war, dass diese Eingaben – anders als die zuvor gesammelten Dateien aus ineinander verschachtelten Verzeichnisstrukturen – keiner nachvollziehbaren Logik entsprangen. Egal, ob Ted etwas in die Adresszeile des Browsers getippt oder eine Datei umbenannt hatte, es wurde als Zeichenfolge linear hintereinander gespeichert. Das führte zu unleserlichen Zeichenketten, deren Sinn sich erst bei genauerer Betrachtung und ein wenig Schlussfolgerung erschloss. Dabei war Myrddin etwas aufgefallen, dass er mit Trish gemeinsam klären wollte. Das war zum einen der Name einer Autovermietung, der offenbar bei einer Adresssuche eingegeben worden war. Wie er richtig vermutet hatte, war es dieselbe Firma, bei der Trish ihr Fahrzeug ausgeliehen hatte. Das mochte ein Zufall sein, zumal es sich um eine größere, landesweit operierende Firma handelte. Wenig später allerdings hatte Ted eine Adresse in einem Online-Kartendienst gesucht, um sich den Standort anzeigen zu lassen. Als Trish Straße und Hausnummer las, wurde sie bleich. Es war ihre eigene.

28
Im Fadenkreuz

»Vielen, vielen Dank, Phoebe! Ich hoffe, ich kann in wenigen Tagen wieder zurück sein. Bis bald«, beendete Trish das Telefonat. Sie hatte ihre Nachbarin, die sich gelegentlich in ihrer Abwesenheit um Jerry und ihre Zimmerpflanzen kümmerte, gebeten, ihre Katze für einige Tage zu sich in die Wohnung zu nehmen. Da sie sehr tierlieb war und sie sich gut verstanden, war der schwierige Teil gewesen, sich eine glaubhafte Geschichte auszudenken, weshalb Jerry nicht alleine in der Wohnung bleiben konnte. Erleichtert wandte Trish sich Adam und Tim zu.

»Das wäre immerhin geregelt.«

»Dieser Typ an der Praxis hat das Logo der Vermietung gesehen und sich das Nummernschild gemerkt«, vermutete Adam. »Aber wie sind sie damit an deine Adresse gekommen?«

»Mit den richtigen Kontakten oder einem Trick bekommst du alles raus«, seufzte Trish.

»Oder durch simple Bestechung«, ergänzte Tim.

»In jedem Fall sind wir nun sicher alle auf der Liste«, stellte Adam fest. Eine Weile schweigen sie alle.

»Ich habe einen Freund, der uns ein Wohnmobil leihen könnte«, beendete Tim die Stille. »Übrigens ebenfalls ein Schulkamerad. Damit könnten wir eine Weile untertauchen.«

»Keine schlechte Idee«, stimmte Adam zu.

»Moment, jemand von der Boarding School?« hakte Trish nach. »Also noch einer von eurer Sorte?«

»Was soll das denn heißen?« gab sich Adam beleidigt und grinste sie dann an: »Du bist doch nur neidisch, weil sie dich aussortiert haben!«

»Ich verzichte gerne auf eure merkwürdigen Talente«, gab Trish zurück.

»Sag mal«, wandte sich Adam an Tim. »Wie genau kannst du das eigentlich kontrollieren? Also deine Anspannen-Entspannen-Sache? Könntest du damit andere quasi zu Marionetten machen?«

»Schöne Idee«, lachte Tim. »So genau kann ich das leider nicht steuern. Einzelne Muskeln, bestenfalls benachbarte Muskelgruppen kann ich auf diese Weise zur Kontraktion zwingen, oder eben das Gegenteil. Ein wenig kann ich die Stärke bestimmen. Ich könnte aber niemanden dazu bringen, etwa zu einem Stift zu greifen und damit etwas Bestimmtes zu schreiben.«

»Also könntest du jemanden den Abzug drücken lassen, der eine Waffe in der Hand hält?«

»Das könnte klappen, ja«, bestätigte Tim.

»Aber eine Waffe vom Tisch nehmen und Zielen ginge nicht?«

»Richtig. Das wäre zu viel Feinmotorik. Worauf willst du hinaus?«

»Und den Herzmuskel manipulieren? Oder die Muskeln für die Atmung?« bohrte Adam weiter.

»Du willst wissen, ob ich Menschen töten könnte?« brachte Tim es auf den Punkt. »Das wäre wohl möglich – in der Theorie! Tatsächlich würde ich das nicht fertigbringen. Ich muss mich immerhin in den Menschen hineinversetzen.«

Trish schaltet sich ein.

»Also hält das große Ausmaß an Empathie, das notwendig ist für deine Fähigkeit, dich vom Töten ab.«

Tim nickte.

»Ich denke, das könnte man so formulieren.«

»Sehr beruhigend,« meinte Trish.

»Seid ihr fertig mit der Befragung? Was ist jetzt mit dem Wohnmobil? Trish?« wandte Tim sich an sie als die Einzige, die sich noch nicht dazu geäußert hatte. Sie hielt das ebenfalls für eine gute Idee. Tim kramte also sein Smartphone hervor und nahm Kontakt zu seinem Schulfreund Jeff auf.

29
Ein neues Ziel

Sie hatten ein merkwürdiges Telefongespräch hinter sich, als all drei wieder im Wagen saßen und auf dem Weg zu Jeff waren. Es hatte den Eindruck gemacht, als würde er jedes Mal Tims Fragen beantworten, bevor dieser auch nur zu Ende gesprochen hatte. Die irritierten Blicke der Anderen waren Tim nicht verborgen geblieben.

»Wie ich schon sagte«, leitete er seine Erklärung ein. »Wir waren auf derselben Schule. Seine Gene haben ihm Präkognition beschert. Ihr wisst schon, er weiß einige Dinge, bevor sie passieren. Und das«, sagte er, während er mit schiefem Lächeln in die kleine Runde blickte, »kann manchmal ziemlich anstrengend für Andere sein. Bei Außenstehenden macht er sich wenigstens die Mühe, seine Fähigkeit zu verbergen, und wartet erst einmal ab, bevor er antwortet. Aber wir wissen ja ohnehin Bescheid – also ist er bei uns nicht so rücksichtsvoll.«

Tim musste noch ein paar Fragen über sich ergehen lassen, dann wollte Trish das genaue Ziel ihrer Fahrt wissen.

»Wo wohnt Jeff?«

»In seinem Wohnmobil. Die Frage ist, wo es gerade steht.«

»Das Wohnmobil ist sein Zuhause?« fragte Adam erstaunt.

»Oh ja«, nickte Tim. Und fuhr fort: «Da gibt es vielleicht noch das ein oder andere, das ihr von ihm wissen solltet, bevor wir dort sind.«

»Warte mal – er wird uns doch sicher nicht sein Heim leihen und uns damit durch die Gegend fahren lassen…?« warf Trish ein.

»Ganz sicher nicht«, bestätigte Tim. »Er wird uns begleiten.«

»Moment, davon war nicht die Rede!« protestierte Adam. »Dann müssten wir ihn in die ganze Geschichte einweihen.«

»Das wird sich nicht vermeiden lassen, Adam. Aber mach dir keine Sorgen – ich vertraue ihm.«

»Na dann«, seufzte Adam resigniert.

»Könnte ein bisschen eng werden zu viert, meint ihr nicht?« meldete jetzt auch Trish Bedenken an.

»Ach kommt, Leute«, ermunterte Tim sie. »Wo bleibt eure Abenteuerlust?«

Über die überraschenden Neuigkeiten vergaßen Trish und Adam völlig, nach den anderen Merkwürdigkeiten zu fragen, die sie offensichtlich erwarteten. Als sie am späten Abend nach Tims Anleitung aber auf einen recht schäbigen Hinterhof fuhren, in dem ein silbern glänzender Airstream stand, kam es ihnen wieder ins Gedächtnis. Die amerikanische Wohnwagen-Ikone stand so sauber und gut gepflegt vor einem ebenfalls hochwertig wirkenden schwarzen Pickup, dass die heruntergekommene Umgebung nur noch als kontrastierende Kulisse wirkte. Sie hielten wenige Meter neben dem

Mobil und wollten gerade aussteigen, als sich die Tür des Airstreams öffnete. Zuvor hatte Adam vage Vermutungen darüber angestellt, wie Jeff wohl aussehen würde. Mit einem zotteligen Bart, einem ungewaschenen, fleckigen Hemd, das halb aus der Hose hing, so in etwa hatte er sich Jeff ausgemalt. Die Wirklichkeit wich deutlich davon ab: Zwar war Jeff tatsächlich Bartträger, aber die Haare waren säuberlich gestutzt und in Form gebracht. Vor allem aber trug er stilvolle Kleidung. Hose, Jacket und Weste hatte er passend in hellen Grautönen zusammengestellt. Er begrüßte sie freundlich der Reihe nach und stellte sich vor, zuletzt umarmte er Tim. Im Gegensatz zu der leicht verstörenden Erfahrung aus dem zurückliegenden Telefongespräch fiel er niemandem ins Wort; er wirkte entspannt und gelassen. Jeff bat sie hinein und servierte ihnen frisch gebrühten Kaffee. Zwischen dem verführerischen Duft der Kaffeebohnen nahm Adam allerdings noch etwas anderes wahr, dass er zunächst nicht bestimmen konnte.

Trish hatte ihn beobachtet und offenbar dasselbe gerochen. Sie führte sich zwei Finger an die Lippen, als würde sie rauchen, und hob bedeutungsvoll ihre Augenbrauen. Während Jeff den Kaffee zurückstellte, gab Adam die im Raum stehende Frage an ihn weiter.

»Jeff, ich glaube, die beiden wüssten gerne, was hier so gut riecht – vom Kaffee abgesehen.«

»Ach das«, meinte Jeff in seiner gelassenen Art. »Ich lebe ganz gerne im Hier und Jetzt.«

Er setzte sich mit seinem Kaffeebecher zu ihnen.

»Ein wenig Gras, und ich kann mich so fühlen wie ihr.«

»Andere wollen ihr Bewusstsein erweitern«, brachte Tim es auf den Punkt. »Jeff will seine erweiterte Sicht auf die Welt für eine Weile loswerden.«

Adam fiel es schwer sich vorzustellen, wie es sein musste, häufig die Eindrücke einer nahen Zukunft vor sich zu sehen. Vermutlich war das ohne entsprechende Übung äußerst verwirrend, zumal all das jede Sinneswahrnehmung der Gegenwart überlagern musste.

»Entschuldige, wenn ich so direkt frage«, meldete Trish sich zu Wort. »Wieso hast du dich entschieden, in einem Wohnwagen zu wohnen?«

»Wohnwagen? Das ist ein Airstream, verdammt!« korrigierte Jeff sie entrüstet, lächelte aber gleich wieder. »Ich weiß, was du meinst. Ganz offen gesprochen: Ich habe keine Lust auf Arbeit. Zumindest das, was man so als ehrliche Arbeit bezeichnet. Ich empfinde sie als so quälend langweilig und vorhersehbar, dass ich mich eher erschießen würde, als dauerhaft auf diese Art zu leben.«

Er ließ seine Worte wirken.

»Was mache ich also? Ich sehe zu, dass ich wenig Ausgaben habe. Und zwischendurch sorge ich hier und da für ausreichend Einnahmen.«

»Ich verstehe. Und dabei helfen dir deine Fähigkeiten.« vermutete Trish.

»Genau«.

Jeff nahm einen Schluck aus seinem Becher.

»Anfangs waren es die Hütchenspieler, die zur Abwechslung mal selbst übers Ohr gehauen wurden, dann solche Dinge wie Rubbellose. Es hat seine Vorteile, wenn man Ereignisse voraussahnen kann. Mittlerweile…« Er wies auf den Laptop, der in einer Ecke lag. »… arbeite ich von zuhause aus. In letzter Zeit habe ich Gefallen an Kryptowährungen gefunden. Auf dem Markt gibt es ziemlich viele kurzfristige, starke Preisschwankungen. Das kommt mir sehr gelegen.«

»Was ist mit Lottoscheinen oder Sportwetten«, schlug Adam vor.

»Das wäre sicher eine angenehme Option. Leider erstreckt sich meine Fähigkeit nur auf die unmittelbar bevorstehende Zukunft. Außerdem kann ich nicht steuern, wann ich die Voraussicht erlebe. Es ist häufig, sogar meist in mehreren Wellen direkt hintereinander, aber nicht ständig. Zum Glück.«

Er wandte sich an Adam.

»Was ist mit dir? Ich habe gehört, du bist so eine Art Baumflüsterer?«

Adam erklärte kurz, was er erst kürzlich über sich entdeckt hatte und was er damit bewirken konnte, angefangen bei dem Kaktus im Büro bis zum gezielten Training im Park.

»Interessant«, meinte Jeff. »Ich habe bisher von niemandem gehört, bei dem sich die Fähigkeiten so äußern. Auf der Schule war definitiv niemand. Bist du beschränkt auf Pflanzen? Was ist mit anderen Organismen – Tiere, Menschen?«

»Davon weiß ich nichts«, gab Adam zu. »Darüber habe ich aber auch noch nie nachgedacht.«

»Vielleicht kannst du ja auch Mikroorganismen beeinflussen?« überlegte Tim laut.

»So etwas wie Pilze und Sporen oder so?«

»Ich dachte an Bakterien oder Viren, aber ja.«

»Das kann ich mir nicht vorstellen. Ich muss mich immerhin irgendwie in sie hineinversetzen können. Wie sollte das gehen?«

»Das stimmt, klingt schwierig.« schaltete sich Jeff wieder ein.

Trish lenkte das Thema wieder auf ihr Vorhaben.

»Okay, lass uns darüber sprechen, wie es weitergeht. Zunächst einmal vielen Dank, dass wir bei dir unterschlüpfen können, Jeff!«

Jeff nickte bloß und hob seinen Kaffeebecher wie für einen Trinkspruch.

»Wir sind jetzt alle auf die ein oder andere Art bedroht von Perseus. Also sollten wir erst einmal von ihrem Radar verschwinden.«

»Das ist uns vielleicht gerade schon gelungen.« fügte Adam hinzu.

»Hoffen wir es mal.«

»Wer genau sind diese Perseus-Typen eigentlich?« wollte Jeff wissen. »Tim hat mir nur wenig erzählt.«

Adam erklärte Jeff, was sie dank Myrddins Hilfe über Ted und seine Leute herausgefunden hatten, bevor ihre Quelle größtenteils versiegt war.

»Sie haben uns in der Boarding School immer wieder eingeschärft, dass wir auf Ablehnung stoßen würden, sobald wir uns zu erkennen geben«, sagte Tim und schaute dabei zu seinem Freund Jeff. »Ich hatte dabei aber eher an eingeworfene Fensterscheiben gedacht.«

»Und jetzt schießen sie auf dich«, führte Jeff den Gedanken fort.

Adam dachte daran, wie er von der Straße hinauf zu den zerstörten Fenstern seiner Wohnung gesehen hatte. Es wurde kurz still rund um den kleinen Tisch.

»Trish und ich wollen jedenfalls mehr darüber wissen, wo wir herkommen. Wer unsere Väter sind.«

Sie nahm Adams Gesprächsfaden auf.

»Und womöglich haben wir vier alle denselben Vater!«

Diesmal schaute Jeff erstaunt auf.

»Wie kommst du darauf?«

»Alles andere«, unterstützte Adam sie, »ist doch noch unwahrscheinlicher als es ohnehin schon ist, oder? Wir sind uns doch einig, dass unsere Fähigkeiten verdammt selten sind? Wie sollte eure Boarding School von Elternteilen erfahren haben, die ihr einzigartiges Erbgut an die nächste Generation weitergegeben haben? Und die zufälligerweise gerade ihr Kind zur Adoption freigegeben haben?«

Trish erinnerte Adam: »Vermutlich weiß Jeff noch nichts von unserem Geburtshaus.«

Sie schilderte kurz ihre Erlebnisse aus dem mittlerweile verlassenen Gebäude und was sie dort erfahren hatten.

»Da wurde also gezielt eine Generation von Kindern mit besonderer Begabung...«

Sie suchte nach dem passenden Wort, das Adam dann beisteuerte: »... gezüchtet.«

»Genau so – und offenbar waren die Mütter quasi gekauft, aber ohne jedes besondere Erbgut. Die entscheidenden Gene kommen also in allen Fällen von der Seite des Vaters. Und wie schon erläutert: Allzu groß konnte der Genpool nicht sein, aus dem man sich bedient hat.«

»Wow.«

Jeff war sichtlich damit beschäftigt, diese Idee zu verarbeiten, aber auch Tim schien sich noch nicht an den Gedanken gewöhnt zu haben.

Adam nippte an seinem mittlerweile lauwarmen Kaffee. Er wusste, eigentlich sollte er den beiden ein wenig Zeit geben, aber es drängte ihn, sich ihrer Unterstützung zu versichern. Er holte gerade Luft, um seine Frage zu formulieren, als Jeff ihm zuvorkam. Während Adam gerade begann: »Würdet ihr uns bei der Suche…« sprach Jeff schon zeitgleich die Antwort aus.

»Aber klar. Wir finden gemeinsam raus, was dahintersteckt.«

Tim verdrehte die Augen.

»Es geht wieder los.«

Jeff zog entschuldigend die Schultern hoch.

»Wie habt ihr euch das gedacht?« fragte Tim, zu Trish und Adam gewandt.

»Vielleicht starten wir unsere Suche bei der Boarding School?« schlug Trish vor. »Da sollte es doch so etwas wie eine Verwaltung geben. Wo liegt…«

»Ich zeige es euch auf der Karte«, beantwortete Jeff die halb ausgesprochene Frage und griff nach seinem Laptop. Er öffnete ein Browser-Fenster und zeigte ihnen die Adresse in einem Kartendienst.

»Was erhofft ihr euch dort zu finden?«, fragte Tim stirnrunzelnd. »Ich meine, wir haben dort Jahre verbracht und kennen jeden Winkel.«

»Wir dachten an Hinweise in Dokumenten, vielleicht in den Büros des Internats.«

»In irgendwelchen Akten werdet ihr höchstens ein paar Verwarnungen zu Jeffs schlechtem Betragen finden«, scherzte Tim.

»Nein, im Ernst: Da gibt es allenfalls Protokolle der medizinischen und psychologischen Untersuchungen, möglicherweise Ergebnisse der Eignungstests. Ich glaube kaum, dass euch das weiterhilft.«

Er wies mit dem Finger auf das Satellitenbild der Schulgebäude.

»Abgesehen davon könnt ihr da nicht einfach reinschleichen. Da sind Tag und Nacht Leute unterwegs. Immerhin schlafen Schüler wie Lehrer dort.«

Adam ließ seinen Blick über das Gelände schweifen, mit seinen perfekt gepflegten Sportplätzen für Football, Baseball und Leichtathletik.

»Das nenne ich ein großzügiges Angebot.«

Wenige Meter hinter der Zufahrt von der öffentlichen Straße zum Schulgelände gabelte sich die Privatstraße, die links zu den Schulgebäuden führte und rechts in mehreren Windungen durch ein Wäldchen. Er konnte nicht ganz erkennen, was er am Ende des Weges auf den Satellitenfotos sah. Ein recht großer Bereich war unbewaldet, aber begrünt. In regelmäßigen Abständen warfen rechteckige Objekte ihren Schatten auf die Fläche. Adam vermutete, dass es sich hierbei um Lüftungsschächte handeln könnte.

»Was ist denn das hier? Habt ihr eine Tiefgarage auf dem Gelände?«

»Ach das. Das ist ein Firmengebäude der Clay Holding, alles unterirdisch. Sicher, dazu gehört auch eine Tiefgarage, vermute ich. Im Wesentlichen ist dort ein Biotech-Unternehmen untergebracht, aber es wird von der Holding auch für Verwaltungsbüros genutzt«, erklärte Tim.

»Kein Geheimnis, steht groß auf den Schildern am Tor«, fügte Jeff hinzu, bevor Trish oder Adam etwas sagen konnten.

»Clay Lifesciences und TCH Accounting«, bestätigte Tim. »Wie oft haben wir das gelesen.«

Adam zoomte etwas heran und verschob den Bildschirmausschnitt.

»Ich sehe gar keine Zäune oder so etwas. Haben die keine Angst, dass nachts Schüler besoffen auf dem Gelände herumlaufen?«

Tim lachte.

»Zäune brauchen die schon eine ganze Weile nicht mehr. Ich erinnere mich kaum noch daran. Es gibt nur noch Warnhinweise auf Schildern alle hundert Meter. Sobald du ein paar Schritte auf dem Firmengelände gemacht hast, wirst du von Drohnen eingekreist und freundlich gebeten, wieder zu gehen.«

»Das ist es«, murmelte Trish so leise, als ob sie nur zu sich selbst sprach. Dann sagte sie sehr bestimmt: »Dort müssen wir uns umsehen.«

»Keine Chance«, konterte Tim. »Da kommen wir nicht rein.«

»Abwarten. Zuerst müssen wir so viel wie möglich darüber herausfinden.«

Sie zog ihr Smartphone aus der Tasche und drehte sich von den anderen weg.

»Jeff, was ich mich frage«, begann Adam. »Warum willst du uns eigentlich…?«

»Tim ist mein Freund, und ihr habt Tims Leben gerettet. Ihr habt etwas gut bei mir. So einfach ist das. Außerdem sind wir ja jetzt so etwas wie eine Familie.«

Dann grinste er breit.
»Und nicht zuletzt: Ich liebe einfach Unvorhergesehenes.«

Jeff baute das Innere des Airstream mit ein paar Handgriffen so um, dass man darin recht bequem liegen konnte. Die Schlafplätze waren für Trish und Adam vorgesehen. Für Tim und ihn selbst nutzte er den Raum, der unter dem festen Verdeck auf der Ladefläche des Pickups zur Verfügung stand. Während Jeff dort alles zurecht legte, ging Adam im Halbdunkel des Hinterhofs hinüber zu Trish, die vor der offenen Tür des Airstreams stand und gerade ihr Smartphone wieder in ihrer Tasche verstaut hatte.

»Und, Trish, was hälst du von der Sache?« erkundigte er sich bei ihr.

»Wir haben Glück gehabt, würde ich sagen. Keine Ahnung, ob wir ohne die beiden weitergekommen wären mit unserer Suche.«

»Wahrscheinlich nicht«, stimmte Adam zu. »Ich habe nur kein gutes Gefühl dabei, so viele Leute einzuweihen.«

»Ich verstehe, was du meinst. Aber ich denke, wir können ihnen vertrauen. Ich habe übrigens Myrddin geschrieben und ihm berichtet, was passiert ist. Er will versuchen, mehr über das Biotech-Unternehmen in Erfahrung zu bringen.«

»Okay. Mal sehen, was er herausfindet.« Adam gähnte. »Für heute reicht es mir jedenfalls.«

»Ja, es ist viel passiert,« nickte Trish. »Ich kann auch ein paar Stunden Schlaf gut gebrauchen.«

30
Projekt Kaktus

Jeff hatte für alle etwas zum Frühstück besorgt. Sie saßen im Airstream bei frisch aufgebrühtem Kaffee zusammen und aßen gemeinsam. Tim war offensichtlich kein Morgenmensch und stierte missmutig vor sich. Jeff dagegen schien energiegeladen und konnte den Tag offenbar kaum erwarten.

»Wir brauchen einen Namen für unsere Unternehmung, was meint ihr? Ich dachte an Projekt Kaktus«, schlug er vor.

»Ernsthaft?« stöhnte Tim.

Trish schien auch nicht begeistert.

»Ich glaube, es gibt Wichtigeres zu besprechen.«

»Wieso Kaktus?« wollte Adam wissen und ignorierte die Einwände.

»Naja, das war doch so eine Art Erweckungserlebnis für dich, oder? Als du den Kaktus im Büro zum Blühen gebracht hast?«

»Das habe ich nicht so empfunden. Zu dem Zeitpunkt hatte ich noch keine Ahnung... Aber der Name gefällt mir!«

»Interessiert euch, was Myrddin herausgefunden hat?« unterbrach Trish die beiden mit leicht verärgertem Unterton. Adam räusperte sich, konnte sich ein belustigtes Blinzeln hinüber zu Jeff aber nicht verkneifen.

»Erzähl schon!« forderte Jeff sie auf.

»Clay Lifesciences forscht nach offizieller Darstellung an Behandlungsmethoden gegen seltene Erbkrankheiten. In den veröffentlichten Bilanzen spielt die Firma keine große Rolle, zumindest nicht auf der Einnahmenseite.«

»Das ist bei so einem Spezialgebiet natürlich kein Wunder,« erklärte Tim. »Die Pharmaindustrie ist nicht umsonst eher daran interessiert, Medikamente gegen weit verbreitete Krankheiten zu entwickeln. Nur so können sie mit der Forschungs- und Entwicklungsabteilung Gewinne machen.«

Trish nickte zustimmend und übernahm wieder.

»Natürlich passt es zum Image von Thomas Clay als großem Philanthropen. Als Multimilliardär kann er es sich leisten, Millionen in den Dienst an der Allgemeinheit zu stecken. Wir wissen jedenfalls, dass sein Interesse an Vererbung darüber hinausgeht.«

»Richtig, schau uns nur an«, bestätigte Jeff.

Adam ließ ein Schnauben hören.

»Wie praktisch. Dann hat er euch Versuchskaninchen ja direkt neben seinen Biotech-Laboren gehalten.«

»Ich beschwere mich nicht«, hielt Tim dagegen. »Ohne Clay würde es uns vielleicht gar nicht geben. Und die Ausbildung war auch vom Feinsten. Nicht zu vergessen: die finanzielle Unterstützung.«

»Jaja, Mr. Clay ist der reinste Weihnachtsmann. Nur Geschenke für alle.« Adam fühlte Zorn in sich aufsteigen. »Vergesst nicht, dass Trish ihre Mutter verloren hat dank unserem Menschenfreund.«

»Schon gut, Adam.« Trish legte Adam ihre Hand auf den Arm. »Das sind alles Informationen, an die man recht einfach kommt. Myrddin hat für uns versucht, in tiefere Schichten zu gelangen. Bisher hat er leider keinen Zugang zu internen Firmendatenbanken gefunden. Er wird heute weiter daran arbeiten, soweit es seine Zeit zulässt. Außerdem habe ich ihn gebeten, nach Gebäudeplänen zu suchen – oder generell nach irgendetwas, das dabei hilft, dort hineinzugelangen.«

»Gibt es Neuigkeiten über Perseus?« fragte Adam.

»Nein, wir konnten nichts Interessantes aus Teds Keylogger ziehen. Ich habe mir die letzten Aufzeichnungen selbst angesehen. Immerhin nehmen die Freaks jetzt meine Wohnung ins Visier.«

»Ich bin mir sicher, dass wir für sie die Freaks sind«, murmelte Jeff.

»Das gibt ihnen natürlich das Recht, uns zu erschießen und unsere Wohnungen mit Brandsätzen zu bewerfen,« entgegnete Adam bissig.

Jeff hob abwehrend die Hände.

»Du weißt, auf welcher Seite ich stehe. Ich meinte nur, ich kann mir ausmalen, was in ihnen vorgeht.«

»Mich würde interessieren, wie sie überhaupt davon erfahren haben, dass es Menschen wie uns gibt«, überlegte Tim.

»Zunächst einmal wäre ich zufrieden, wenn wir keinem von ihnen mehr begegnen«, meinte Adam.

»Allerdings.« Tim blickte aus einem der Fenster des Airstream auf den Leihwagen von Trish und Adam, mit dem sie gestern in letzter Sekunde geflohen waren. »Das erste Kennenlernen gestern hat mir vorerst gereicht.«

Sie hatten den halben Tag damit verbracht, sich über ihr bisheriges Leben auszutauschen, aber auch ein wenig Karten zu spielen. Es war Jeffs Idee und sein Kartenspiel – aber niemand hatte mit ihm spielen wollen. Seine Beteuerungen, er würde sie warnen, sobald eine Welle präkognitiver Visionen begann, überzeugte weder Tim noch Adam. Trish empfing schließlich Nachrichten von Myrddin, auf die sie die ganze Zeit über gewartet hatte.

Die IT-Abteilungen der Clay-Unternehmen schienen enttäuschenderweise allesamt ähnlich gut aufgestellt, was die Sicherheit ihrer Netzwerke und Daten anging. Clay Lifesciences stellte keine Ausnahme dar. Es war Myrddin nicht gelungen, in interne Datenbanken vorzudringen oder auch nur einen nennenswerten »Angriffsvektor« zu finden, wie er es nannte, der für sie nützlich sein konnte. Trish, die alle Informationen sofort an die kleine Gruppe im Airstream weitergab, sorgte damit für frustrierte Gesichter. Die guten Neuigkeiten hatte Myrddin sich allerdings noch aufgehoben: Ironischerweise stellte sich ausgerechnet die Sicherheitsfirma, die für Gelände und Gebäude zuständig war, als Schwachstelle heraus. Laut ihrer Website, auf der sie stolz das Biotech-Unternehmen als Kunden führte, arbeitete der Wachdienst erst seit knapp sechs Jahren für Clay Lifesciences. Zu Myrddins großem Vergnügen gehörte die Firma zwar zu den angesehensten in der Branche, was den Schutz von physischen Objekten anging. Mit digitalen Verteidigungsstrategien kannten sie sich dagegen nicht aus, wie er schnell herausfand. Schon seine ersten Testläufe waren erfolgreich, und er bekam nach und nach Zugriff auf sämtliche interne Informationen und Programme, die über das Netz erreichbar waren.

Zu den ersten wichtigen Funden zählte ein Gebäudegrundriss, in dem alle Ebenen verzeichnet waren. Diese Einblicke konnten hilfreich sein bei der weiteren Planung. Aber es wurde noch besser: In einfachen Dateien für gängige Tabellenkalkulationsprogramme hatte jemand eine säuberliche Liste aller Zugangscodes angelegt, mit denen die Mitarbeiter in die Gebäude ihrer Kunden eintreten konnten, ohne Alarm auszulösen. Das funktionierte laut Notiz unter der Tabelle sogar dort, wo eigentlich biometrische Daten hinterlegt waren und ein Fingerabdruck oder Iris-Scan von den Angestellten erwartet wurde. Schließlich musste es ja für den Notfall eine Zugangsmöglichkeit geben.

Zum ersten Mal zeichnete sich für die Vier eine äußerst große Chance ab, tatsächlich in das Gebäude zu gelangen. Nur Tim blieb skeptisch.

»Was ist mit den Drohnen?« erkundigte er sich. »Solange die unterwegs sind, kommen wir erst gar nicht dorthin.«

»Warte…« forderte Trish sie auf, während sie in ihr Smartphone tippte.

»Dazu hat er auch Informationen. Die Dinger sind von Schwarz Industries, offenbar hochgradig autonom. 30 Hexacopter sind davon auf dem Gelände unterwegs – ausgestattet mit Wärmebildkameras.«

Jeff pfiff beeindruckt, Tim und Adam sahen entmutigt hinunter auf den kleinen Tisch, wo die Spielkarten ihrer letzten unterbrochenen Partie herumlagen. Trish fuhr fort: »Er kann sie nicht abschalten oder steuern. Aber die Anzahl und die Autonomie sind unsere Chance.«

Adam schaute erstaunt auf.

»Warum das?«

»Ganz einfach: Niemand stellt sich 30 Monitore für einen einzigen seiner Kunden in die Zentrale. Oder schaltet dauernd durch die vielen Quellen seiner Live-Bilder. Das bedeutet, da werden einfach ein paar Parameter eingestellt und das war es. Die Systeme melden sich erst, wenn es etwas Wichtiges zu berichten gibt. Und auf diese Parameter hat Myrddin jetzt Zugriff.«

»Du meinst, man stellt so etwas ein wie: Melde nicht jedes Eichhörnchen, sondern nur alles, was größer ist als ein Fuchs.«

»Richtig. Und ab jetzt melden sie alles, was so groß ist wie ein Elefant«, verkündete Trish belustigt.

»Also halt dich mit den Donuts zurück, Jeff!« alberte Tim herum. Erleichtert, wie sie nach diesen Neuigkeiten waren, mussten sie alle wirklich darüber lachen.

31
Hunter IV

Das rote Licht am Camcorder signalisierte, dass die Aufzeichnung gestartet war.

»Aufnahme läuft«, sagte Taylor überflüssigerweise, als er sich hinter der Kamera aufrichtete und zu den beiden anderen ging. »Den Anfang schneide ich später raus.«

Er stellte sich ebenfalls in Position und blickte aus dem Schlitz der Sturmhaube direkt in die Linse der Kamera, die Waffe quer vor der Brust.

Ted räusperte sich kurz, dann nannte er das Datum.

»Wenn dieses Video gefunden wird, werden wir unsere wichtigste Aufgabe erfüllt haben. Dann ist es an der Zeit, dass unsere Nation, dass die Menschheit von einer Bedrohung erfährt, die im Verborgenen heranwächst. Unter dem Deckmantel der Wohltätigkeit und mit dem Kapital der Konzerne züchtet man eine neue Art von Menschen heran. Um uns zu unterwandern und zu kontrollieren.«

Er drehte seinen Kopf theatralisch zur Rechten und zur Linken.

»Diese Männer hier stehen stellvertretend für eine Armee, die sich ihnen entschlossen entgegenstellt.«

Hunter packte sein Sturmgewehr fester und streckte seinen Rücken, vergewisserte sich, dass er gerade stand.

»Sollten wir fallen beim Versuch, die Wurzel dieses Übels auszumerzen, werden andere unseren Platz einnehmen.«

Ganz sicher hatte Hunter nicht vor, im Kampf zu sterben. Er verspürte nicht den geringsten Zweifel, dass er perfekt auf das Kommende vorbereitet war. Sie würden Medusa den Kopf abschlagen, ihre Brut vernichten und ihre Höhle niederbrennen. Auf so einen Festtag hatte er sich lange gefreut.

32
In die Höhle des Löwen

Nach Einbruch der Dämmerung hatten sie den großen Pickup außer Sichtweite des Eingangsportals geparkt und waren zu Fuß dorthin gegangen. Sicherheitshalber hatten sie zuvor beschlossen, Trishs Leihwagen im Hinterhof bei Jeffs Airstream stehen zu lassen. Das Portal hatte eher repräsentativen Charakter und schien dauerhaft offen zu stehen. Wie von Jeff und Tim beschrieben, gabelte sich der Weg recht früh hinter der Einfahrt.

Links führte er in einem weiten Schwung zu den Schulgebäuden, in denen Licht brannte, soweit man das zwischen den Bäumen in der Ferne erkennen konnte. Dahinter sah es aus, als würde Flutlicht eine weite Fläche ausleuchten. Vermutlich war noch Betrieb auf den Sportplätzen. Dutzende von Rhododendron-Büschen säumten den Weg hinauf, der in regelmäßigen Abständen von niedrigen Pollerleuchten beschienen wurde.

Die Privatstraße, die nach rechts abzweigte, führte nach etwa hundert Metern in ein Wäldchen. Durch die Windung der Straße konnte man nicht erkennen, wohin sie führte, obwohl sie von hohen Laternen gut ausgeleuchtet war. Die Vier stellten sicher, dass niemand sie beobachtete, und betraten den Wald einige Meter rechts der Straße, um nicht vom Lichtkegel der Laternen erfasst zu werden –

vorbei an Schildern, die vor dem Betreten warnten und darüber die Silhouette einer Drohne abgebildet hatten. Sie waren erst wenige Meter zwischen den Bäumen unterwegs, als Jeff sie zur Eile drängte.

»Weiter rein«, zischte er. »Da kommt gleich jemand.«

Verwundert schaute Adam ihn an, bis er sich an Jeffs unvorhersehbare Einblicke in die unmittelbare Zukunft erinnerte, schnell dem Beispiel der anderen folgte und sich geduckt von der Straße entfernte, tiefer hinein in das Wäldchen. Wenige Sekunden später hörten sie einen Wagen, der kurz darauf um die Kurve fuhr und dadurch in ihr Blickfeld geriet. Das Licht der Scheinwerfer streifte sie kurz, fleckig von den Schatten des Laubs zwischen ihnen und den Lampen. Adam wollte schon erleichtert aufatmen, dass sie wieder im Halbdunkel des Wäldchens versanken, als der Wagen hörbar abbremste und schließlich auf einer Höhe mit ihnen zum Stehen kam. Die Scheinwerfer leuchteten jetzt die Straße aus. Hatte der Fahrer sie doch gesehen, obwohl sie nur für einen Sekundenbruchteil im Lichtkegel gestanden hatten? Tatsächlich – mit dem typischen Geräusch senkten sich die Seitenfenster des Autos in die Türen. Ohne ein Wort zu wechseln, kauerten sich alle Vier so klein es ging auf den Boden. Adam hielt die Luft an. Er war sicher, dass auch keiner der anderen zu atmen wagte, und starrte durch das spärliche Gestrüpp zwischen den Stämmen auf den

Wagen. Undeutlich konnte er das Logo des Wachdienstes darauf erkennen, bis sich die Türe öffnete. Ohne lange nachzudenken, schickte Adam seinen Geist in das Gebüsch vor ihnen und gab einen Wachstumsschub in das Blattwerk, um sie vor fremden Blicken abzuschirmen. Ein Rascheln fuhr durch die Äste und Blätter, während sich die Lücken schlossen, das glücklicherweise fast gleichzeitig mit dem Geräusch der zufallenden Wagentür zu hören war. Adam fluchte innerlich. Beinahe hätte seine panische Handlung sie erst recht verraten. Der Lichtstrahl einer Taschenlampe huschte über die Stämme und Blätter um sie herum. Er drang aber nun nicht mehr durch das dichte Gebüsch unmittelbar vor ihnen. Wenn der Wachmann sich persönlich überzeugen wollte, hätten sie dennoch keine Chance. Gerade erst auf dem Gelände und schon alles verloren.

Erneut suchte sich Adam eine geeignete Pflanze aus. Vielleicht konnte er aus seinem ersten Fehler lernen. Es knackte auf der anderen Seite der Straße – und kurz danach fiel mit einem lauten Rascheln ein schwerer Ast in das darunterliegende Gebüsch. Der Strahl der Taschenlampe schwenkte herum und zeigte in diese Richtung. Angespannt hörten sie, wie der Wachmann hinüberging und das Gelände auf der anderen Seite gründlich untersuchte. Nach einer gefühlten Ewigkeit hielt er noch einmal inne, vermutlich lauschte er nach weiteren Geräuschen. Dann, endlich, stieg er wieder in sein Auto, ließ den Motor an und fuhr weiter Richtung Eingangstor.

Adam konnte hören, wie Tim neben ihm lautstark ausatmete. Er schob sich etwas Traubenzucker in den Mund, um den Energieverlust auszugleichen. Zum ersten Mal hatte er seine Fähigkeit genutzt, nicht um etwas wachsen zu lassen, sondern um Verfall herbeizuführen. In Sekundenbruchteilen hatte er einen kritischen Teil eines Astes altern und verfaulen lassen, bis er die Last seiner Zweige nicht mehr tragen konnte.

Trish boxte ihm von der Seite mit der Faust in die Schulter.

»Ich weiß nicht, ob ich dich schlagen oder umarmen soll. Idiot!«

»Kannst du bitte vorher nachdenken, bevor du so etwas machst?« unterstützte Tim Trishs Ausbruch.

Bevor Adam antworten konnte, hob Jeff die Hand.

»Still!«

Sie hörten ein unangenehmes, hohes Surren, das sich schnell näherte. Wie ein riesiges Insekt – das musste eine der Drohnen sein. Unwillkürlich nahmen sie wieder ihre zusammengekauerte Position ein. Eigentlich wussten sie es besser. Es gab kein Entrinnen, unaufhaltsam näherte sich die Überwachungsdrohne, bis das Geräusch direkt über ihren Köpfen war. Kein Zweifel, sie waren von einer der vielen Drohnen auf ihrem Patrouillenflug entdeckt worden. Klein und schwarz schwebte es etwa zwei Meter über ihnen, bedrohlich surrend wie eine gigantische, feindselige Hornisse.

Adam stellte sich vor, wie unwürdig sie auf dem Bildschirm der Wachzentrale aussehen mussten: Rotgelbe Klumpen vor schwarzem Hintergrund, die versuchten, sich vor alles sehenden Augen zu verstecken.

Trish erhob sich als Erste.

»Kommt Leute, wir haben keine Zeit. Weiter geht's!«

Zögerlich stand auch Adam auf und folgte Trish, dann gingen sie alle Vier weiter entlang der Straße, immer in gebührendem Abstand, sollte der nächste Wagen passieren. Der Hexacopter blieb hartnäckig über ihren Köpfen. Adam hoffte inständig, dass Myrddin sich nicht geirrt hatte. Und dass die von ihm eingestellten Parameter noch aktiv waren.

Nach etwa hundert Metern hörten sie erneut das typische Surren: Eine weitere Drohne näherte sich ihnen, erfasste sie und ließ seine sechs Propeller über ihren Köpfen kreisen, direkt neben ihrem bisherigen Verfolger. Nun schwebten sie zu zweit und folgten jedem ihrer Schritte.

»Myrddin amüsiert sich«, meinte Trish. Sie hatten vereinbart, dass sie alles, was sie über ihre Linse wahrnahm, ihm direkt als Live-Stream zur Verfügung stellte. Das Mikrofon des gekoppelten Smartphones, das sie sich wie ein Großstadtjogger mit einer Halterung an den Arm geschnallt hatte, sorgte für den passenden Ton. Da sie kein Headset oder etwas in der Art tragen wollte, konnte er im Gegenzug nur Nachrichten als Text auf ihre Linse schicken. Oder sie mit Kartenmaterial versorgen, das er halbtransparent auf ihrem Layer anzeigen konnte. Offenbar waren ihre Erlebnisse bisher beste Unterhaltung für ihn.

Adam fand es nicht besonders lustig, möglichst unauffällig durch einen dunklen Wald zu schleichen, während lautstark surrende Drohnen über ihnen kreisten.

Zumal es nicht bei zwei Drohnen bleiben sollte. Sie hatten sich ihrem Zielgebäude bis auf etwa hundert Meter genähert, da gesellten sich zwei weitere Wachdrohnen zu den anderen und bildeten zusammen eine nervtötende, surrende Wolke.

»Frag ihn bitte mal, ob die auch irgendwann wieder verschwinden«, raunte Tim Trish zu. »Wie sollen wir denn so reingehen?«

Trish sah mittlerweile auch etwas gequält aus.

»Wir sollen im Wald bleiben und einen Bogen rechtsherum machen.«

Sie sahen zwischen den Stämmen des Wäldchens auf einen großen, freien Platz. Die Straße führte mit sanfter Steigung hinunter in eine gut beleuchtete Tiefgarage. Vermutlich lag auch der Haupteingang dort unten. Die S-förmige Kontur des Gebäudes zeichnete sich ab durch eine begrünte Fläche, die etwa einen halben Meter über dem Erdniveau lag. An verschiedenen Stellen ragten rechteckige, turmartige Konstruktionen nach oben, die Lüftungsanlagen oder Notausgänge enthalten mussten. Auch sie waren flach bedacht und oben mit kleinen Gewächsen bepflanzt. An der Seite prangte ein taghell angestrahltes Schild mit dem Logo der Clay Holding.

Sie folgten Myrddins Anweisungen und betraten die Freifläche vorerst nicht, sondern beschrieben einen Bogen im Schatten der Bäume, stets begleitet vom Surren der Drohnen. In der Nähe einer der hinteren Türme gab Trish ihnen ein Zeichen, anzuhalten.

»Und jetzt?«

Tim sah genervt zu den Drohnen hoch.

»Wir gehen rüber zu diesem Ausgang«, klärte Trish auf. »Aber bleibt in einer geraden Linie von hier aus. Sonst geraten wir ins Visier von Kameras.«

»Und die Drohnen?«

»Vertraut mir.«

Trish machte den Anfang und wagte die ersten Schritte auf das weithin einsehbare Gelände. Die Drohnenwolke blieb, wo sie war, über den Köpfen der drei anderen. Zögerlich folgte Adam, dann Tim und Jeff. Als gäbe es eine unsichtbare Mauer, verharrten die Hexacopter an Ort und Stelle. Dann löste sich die erste Drohne aus dem kleinen Schwarm und nahm ihren Patrouillenflug wieder auf. Nach und nach verteilten sich die Drohnen in unterschiedliche Richtungen, und eine ungewohnte

Stille breitete sich aus, sobald ihr Surren in der Ferne verklungen war. Offensichtlich waren sie nur darauf programmiert, den Außenbereich zu überwachen, sollten das Gebäude aber nicht überfliegen.

Sie atmeten durch, dann gingen sie nach Myrddins Anweisung auf einen der Türme zu und blieben dann in seinem Schatten stehen.

»Der Eingang ist auf der anderen Seite«, klärte Trish auf. »Eigentlich ein Notausgang, aber egal. Jetzt wird es kurz kritisch.«

»Wieso, was ist jetzt?« fragte Tim argwöhnisch.

»Ich habe den Code, um reinzukommen. Aber es gibt eine Kamera an der Tür gegenüber, die wir nicht ausschalten können.«

»Das fällt euch jetzt ein?« zischte Tim wütend.

»Die Chancen stehen trotzdem gut«, beruhigte sie Trish. »Es gibt einen Haufen Kameras. Aber keine Bewegungsmelder. Niemand hat ständig alle Kameras auf dem Schirm. Aber wir müssen uns beeilen, um das Risiko gering zu halten.«

»Worauf hab ich mich da eingelassen...«

Tim stöhnte und schüttelte den Kopf. Trish wollte gerade um die Ecke des Turms laufen, als Jeff sich bemerkbar machte.

»Warte.«

Jeff starrte vor sich hin.

»Fünf Sekunden...«

Die anderen sahen ihn gespannt an, während er die Hand hob und erhoben hielt.

»Jetzt! Los, los!!!« flüsterte er mit Nachdruck, und sie beeilten sich, den Turm zu umrunden. Auf der anderen Seite erwartete sie eine Stahltüre. Rechts in der Wand eingelassen war ein beleuchtetes Panel mit einer Fläche für einen Handabdruck, daneben ein Ziffernfeld. Aus der Ecke links über der Tür zeigte eine Kamera genau auf den gesamten Bereich vor dem Eingang. Schnell sprang Trish zu dem Terminal und tippte zügig den Zugangscode in das Tastenfeld. Etwas an der Tür summte leise. Jeff zog am Griff der Tür, die sich jetzt nach außen öffnen ließ, und schlüpfte hinein. Er wartete innen, bis die anderen bei ihm waren, dann zog er die schwere Tür so schnell es ging wieder zu.

»Das war knapp. Glaubt es mir…« raunte er ihnen zu. »Ich habe mindestens eine Zukunft gesehen, die nicht so gut aussah.«

Sie befanden sich am oberen Ende eines spärlich beleuchteten Treppenhauses. Eine Art Notlicht beleuchtete auf niedriger Höhe die einzelnen Stufen. Das Deckenlicht war ausgeschaltet. Adam schaute über das Geländer in die Tiefe. Soweit er es im Dämmerlicht erkennen konnte, lagen noch drei Ebenen unter ihnen. Bis auf ein entferntes, konstantes Summen, wahrscheinlich von einer Belüftungsanlage, hörten sie keinen Laut. Flüsternd entschieden sie sich, den Schalter für das Hauptlicht nicht zu betätigen, um keine Aufmerksamkeit zu erregen.

»Es soll nachts nur einen Wachmann geben«, sagte Trish mit gesenkter Stimme. »Und der sitzt in der Lobby an der Rezeption, direkt bei der Tiefgarage. Er könnte zwischendurch Kontrollgänge machen, also Vorsicht.«

Sie ging voraus auf den Treppenabgang zu und führte sie eine Etage hinunter. »-1« stand in riesigen Buchstaben auf der fensterlosen Brandschutztür, die auf dieser Ebene aus dem Treppenschacht führte. Trish trat direkt an die Tür heran und drückte die Klinke langsam herunter. Dann zog sie die schwere Tür einen kleinen Spalt auf. Licht fiel aus dem dahinterliegenden Gang diagonal auf den nackten Betonboden zwischen ihnen. Trish spähte durch den Spalt, während alle erneut den Atem anhielten und auf Geräusche lauschten, die sie warnen konnten.

Die Grundrisspläne, die sie sich vorher angesehen hatten, verrieten alles über die Struktur des Gebäudes, also wo Gänge, Räume, Treppen, Aufzüge zu finden waren, aber nichts über die Funktion der Räume. Lediglich die Toiletten erschlossen sich direkt aus Form, Größe und Lage. Sie wussten also nicht, was sie auf den einzelnen Ebenen und hinter jeder Tür verbarg.

Nachdem sie den Eindruck gewonnen hatte, dass sich niemand im Gang aufhielt, zog Trish die Tür ganz auf und trat hinein. Sie befanden sich am Ende eines langen Korridors, der in einem leichten Schwung weit in die andere Richtung führte, bis er hinter der Biegung nicht mehr einzusehen war. Er stellte gewissermaßen das Rückgrat der S-förmigen

Gebäudestruktur dar. Ein Band aus hellen LED-Leuchten zog sich mittig an der Decke entlang und tauchte den Gang in angenehmes Licht. Wäre es Mittag gewesen, hätte man meinen können, eine handbreite Öffnung in der Decke ließe Tageslicht herein. Der Boden war bedeckt von einem Teppichboden in einem endlos verschlungenen Muster verschiedener Grüntöne.

Die Türen, die vom Korridor abgingen, sahen freundlicher aus als die kalten Brandschutztüren aus Metall, durch die sie hereingekommen waren. Glänzende Schilder neben den Türen informierten darüber, was sich jeweils dahinter befand. Als sie sich mit vorsichtigen Schritten den Gang entlang bewegten, lasen sie einige von ihnen. Bisher waren es meist Büros von Angestellten. Als sie die Biegung erreichten, sahen sie eine auffälligere, breitere Tür mit zwei Flügeln. Ein großes Schild daneben wies den Konferenzraum dahinter als »Craig Venter Konferenzraum« aus. Hier hatte Clay offensichtlich dem Initiator des »Human Genome Project« eine Art Denkmal gesetzt. Oder wollte Besuchern das Gefühl vermitteln, dass er eine ähnliche Rolle für die Biotechnologie und die Menschheit im Allgemeinen einnahm. Adam öffnete eine der Türhälften und spähte in den großen Raum hinein. Er war dunkel, nur das Licht, das durch die geöffnete Tür hineinfiel, warf ein breites Band quer hindurch. Adam erkannte U-förmig arrangierte Tische, jeder mit eigener Stromversorgung. Als seine Augen sich an das Licht gewöhnt hatten, konnte er das helle Rechteck einer Leinwand an der Stirnseite ausmachen. Er zog seinen Kopf zurück und schloss die Tür wieder.

»Uninteressant.« flüsterte er den anderen zu.

»Wonach genau suchen wir eigentlich?«

Tim sah um sich. Ihm war anzusehen, dass er sehr unruhig war und am liebsten sofort das Gebäude auf demselben Weg wieder verlassen würde.

Trish drehte ihren Kopf, so dass ihre Lippen nah an dem Smartphone waren, das sie sich um den Arm geschnallt hatte.

»Siehst du einen Raum, der nach einem Archiv oder so etwas aussieht?« flüsterte sie in das Gerät.

Jeff deutete schräg über den Korridor.

»Schaut mal, ein Aufzug. Da könnten wir mehr erfahren.«

Er und Adam gingen hinüber und sahen sich die Tafel neben der Aufzugtür an. Offenbar waren sie auf der Ebene für Besucher, außerdem war hier das Rechnungswesen beheimatet, und es gab einen direkten Zugang zur oberen der beiden Etagen der Tiefgarage. Ein Level tiefer fanden sich neben einem weiteren Garagenzugang Räume der Verwaltung und des Managements. In der letzten und untersten Ebene sollten die Labore sein, dazu Technik- und Versorgungsräume.

Trish und Tim traten jetzt ebenfalls zu ihnen und sahen sich die Übersichtstafel an.

»Myrddin weiß auch nicht mehr«, erklärte Trish leise.

»Na dann, machen wir unten weiter«, meinte Jeff und wollte den Knopf drücken, um den Aufzug zu holen. Tim schlug seine Hand zur Seite.

»Bist du irre?« zischte er. »Dann können wir uns gleich eine Glocke um den Hals hängen.«

Jeff hob entschuldigend beide Hände.

»Ist ja gut. Also wieder die Treppe?«

Mit schnellen Schritten gingen sie den Korridor wieder zurück zum Treppenschacht und folgten den Stufen weiter hinunter. Sie ließen das zweite Untergeschoss aus und hielten erst auf der untersten Ebene. Diesmal ging Adam voran und öffnete die Metalltür mit der Aufschrift »-3«. Auch hier leuchtete ein LED-Band den Korridor aus, allerdings war hier vieles in sterilem Weiß gehalten, so dass diese Etage deutlich heller wirkte. Einen Teppichboden gab es hier nicht. Stattdessen glänzte der hellgraue Boden, als wäre er mit einer Glasur überzogen. In die Türen in ihrem Blickfeld waren auf Kopfhöhe Fenster eingelassen, so dass man in jeden der dahinterliegenden Räume hineinsehen konnte. Als sie durch den Gang auf die erste Tür zusteuerten, hallten ihre Schritte von den nackten Wänden wider. Sie passten sofort ihre Geschwindigkeit an und traten vorsichtiger auf. Durch das Fenster in der ersten Tür sahen sie einen aufgeräumten Arbeitsraum. Mikroskope standen auf den Tischen bereit, in Behältnissen stapelten sich Petrischalen, leere Reagenzgläser waren säuberlich in mehreren

Reihen angeordnet. In einer Ecke stand ein ausgeschalteter Bildschirm, davor die Tastatur und ein geöffneter, unbeschriebener Notizblock. Daneben eine Apparatur, die eine Reihe von Reagenzgläsern gleichzeitig aufnehmen konnte, vielleicht zur automatischen Analyse. Adam machte sich keine Hoffnungen, nach dem Anschalten des Computers weiter als bis zur Login-Maske zu gelangen, also versuchte er es erst gar nicht.

In den benachbarten und gegenüberliegenden Räumen bot sich ein ähnliches Bild, in größeren Laborräumen sahen sie außerdem Zylinder aus Metall, möglicherweise Zentrifugen. Sie fanden einen Umkleideraum, in dem Schutzkleidung bereitlag, von dem aus eine Art Schleuse in den Nachbarraum führte. Da sie keine Vorstellung davon hatten, welche Apparatur, welcher Raum hier welchem Zweck diente, vermissten sie die Tafeln an der Tür, die ihnen auf der obersten Etage noch ein wenig geholfen hatten. Eine Tür war auffällig: Sie hatte keine Fenster, sondern war durchgehend aus Metall, ähnlich der Tür zum Treppenschacht. Adam drückte die Klinke. Sie war abgeschlossen, durch ein traditionelles Türschloss gesichert.

»Myrddin meint, das könnte der Server-Raum sein«, informierte sie Trish.

»Mhm«, brummte Adam unzufrieden. »Hier kommen wir nicht weiter.«

»Was schlägst du vor?«

Trish sah weiter den Korridor entlang, aber auch sie schien wenig Hoffnung zu haben, in den Biotech-Laboren wichtige Informationen zu finden.
»Lass uns die Verwaltung ansehen.«
»Okay.«
Sie machten kehrt und gingen zurück zum Treppenschacht. Besonders Tim wirkte missmutig, aber auch Adam hatte allmählich die Befürchtung, dass sie sich zu viel davon versprochen hatten, hier einzudringen. Sie nahmen die Treppe nach oben und betraten diesmal die mittlere Ebene.
Der erste Eindruck ähnelte dem der obersten Etage – abgesehen davon, dass der Teppichboden hier in Blautönen gemustert war. Zu beiden Seiten des Gangs erkundeten sie die Räume. Diesmal teilten sie sich auf, um schneller voranzukommen. Adam übernahm den zweiten Raum zu ihrer Linken, da er ihm zufällig am nächsten war. Er fand ein funktional eingerichtetes Büro vor. Der Schreibtisch wurde dominiert von zwei Bildschirmen, daran klebten eine Menge Haftnotizen in Pink und leuchtendem Gelb. Adam las Namen, die ihm nichts sagten, mit Telefonnummern. Termine, die in der Zukunft lagen, versehen mit Abkürzungen, die vermutlich nur für den verständlich waren, der hier arbeitete. Auf der Schreibtischplatte waren die ringförmigen Abdrücke eines Kaffeebechers zu erkennen, die nicht vollständig weggewischt worden waren. Adam nahm den Stapel Papiere heraus, der in der Ablage am Rand des Schreibtischs lag, und sah

flüchtig durch den Inhalt der Blätter: Interne Formulare, Rechnungen von Dienstleistern, versehen mit einem Stempel, der über das Eingangsdatum informierte. Hier würde er nichts über seinen Vater herausfinden.

Seufzend legte er den Stapel zurück an seinen Platz und ging wieder hinaus auf den Korridor. Trish war schon dort, Jeff und Tim traten nacheinander ebenfalls aus den Türen der Räume, die sie durchsucht hatten. Ihre stummen Gesten verrieten, dass auch sie nichts gefunden hatten. Angeführt von Trish folgten sie mit vorsichtigen Schritten weiter der Kurve des Gangs, als sie plötzlich erstarrte. Mit einer Handbewegung machte sie ihnen klar, dass sie sich nicht bewegen sollten. Dann wurde ihnen klar, warum: Alle hatten jetzt das Signal des Aufzugs gehört, der auf ihrer Etage angekommen war, und das Geräusch der sich öffnenden Schiebetür. Noch konnten sie den Aufzug wegen der Biegung des Gangs nicht einsehen. Es war nicht nötig, sich abzusprechen – sofort bewegten sich alle Vier in Richtung Wand, um möglichst lange außer Sicht zu bleiben, gedeckt durch den Schwung der Wand. Jetzt hörten sie gedämpft, aber fest und eindeutig Schritte, die sich in ihre Richtung bewegten. Vielleicht der Wachmann, der seine Runde drehte? Adam griff nach der Türklinke direkt neben sich und drückte sie vorsichtig herunter. Glücklicherweise gab es kein Geräusch, das sie verriet. Schnell schlüpften sie in den Raum dahinter, den das Schild neben der Tür als »He Jiankui Konferenzraum« auswies. Adam spürte seinen Herzschlag überdeutlich, während er mit angehaltenem Atem die Tür wieder schloss; die letzten Millimeter seiner Bewegung so vorsichtig, als würde er eine chirurgische Operation durchführen. Als er seinen Kopf erleichtert gegen die Tür sinken ließ, wurde ihm erst bewusst, dass das Deckenlicht angeschaltet war. Er drehte sich zu den anderen, die sich bereits umschauten. Der Konferenzraum war deutlich kleiner als sein Pendant auf dem oberen Stockwerk. Vermutlich war dieser eher für interne Besprechungen vorgesehen. Für mehr als sechs Personen war hier kein Platz. Statt einer Leinwand gab es nur einen großen Bildschirm an der Wand. Eine weitere Tür führte daneben in den benachbarten Raum. Trish war an ein gerahmtes Bild an der Wand herangetreten, das einen Geistlichen zeigte. Adam war erstaunt, so etwas in einem zukunftsorientierten Unternehmen zu finden und ging neugierig hinüber. »G. J. Mendel« stand auf einer Plakette unter dem Bild.

»Ach ja, die klassische Vererbungslehre… Mengele hätte mich hier aber auch nicht gewundert«, flüsterte Trish mit sarkastischem Unterton und meinte damit offenbar den ähnlich klingenden Nazi-Arzt.

Tim stand noch neben der Tür zum Gang und legte jetzt sein Ohr auf die Türplatte. Jeff sah ihn mit fragendem Gesichtsausdruck an, aber Tim schüttelte den Kopf.

»Nichts zu hören«, raunte er ihm zu.

Alle schwiegen jetzt und lauschten in die Stille. Sie hörten keine Schritte auf dem Flur, aber etwas anderes: gedämpfte Stimmen.

Adam fluchte innerlich. Offenbar machte noch jemand Überstunden. Da es keinen einsehbaren Firmenparkplatz vor dem Haus und keine erleuchteten Fenster gab, waren sie nicht vorgewarnt gewesen. Sonst hätten sie ihre ohnehin sehr gewagte Aktion vielleicht verschoben, zumindest aber noch länger abgewartet, bis sie hineingegangen wären.

Es war eindeutig: Im Nachbarzimmer, abgeschwächt durch die Tür, sprach jemand. Mindestens zwei Personen unterhielten sich miteinander, nur undeutlich zu verstehen. Bei längerem Zuhören erkannte man einen Mann, eher älter, und eine Frau. Das Gespräch wurde zunehmend lauter. Stritten sie?

»Es war ein Fehler, dir die Leitung zu übertragen«.

Das war die tiefe Stimme des älteren Mannes, fest und offenbar gewohnt, Anweisungen zu erteilen. Man hörte ihm seine Verärgerung deutlich an.

»Du wirst dieses Projekt sofort einstellen!« fuhr er fort.

»Erkennst du denn nicht, was sich für Chancen bieten?« erwiderte die Frauenstimme. »Sie sind schon jetzt perfekt geeignet. Wir können zusammen mit Schwarz eine Einheit aufbauen, die alles in den Schatten stellt. Das Pentagon wird ein Vermögen bereitstellen.«

»Wir brauchen das Geld nicht! Darum ist es mir nie gegangen.«

»Dann denk daran, was sie erreichen könnten! Auslandseinsätze, die nie nachgewiesen werden können. Gezielt, punktuell, ohne Truppenbewegungen. Das wird unzählige Menschenleben retten.«

»Es wird mit mir keine Söldnertruppe geben!«

»Ein Psi-Korps, eine Eliteeinheit…«

»Es bleibt eine Söldnertruppe.«

»Kriege werden seit Jahren so geführt! Selbst Friedensnobelpreisträger schicken Privatarmeen und Drohnen, um Konflikte zu regeln.«

Die Männerstimme murmelte etwas, das durch die Tür nicht zu verstehen war. Es mussten einige Sätze sein, bis sie etwas, ebenfalls in leisem Tonfall, erwiderte.

»Sonya, es reicht!« herrschte er sie an. »Es bleibt dabei.«

»Dafür ist es zu spät.«

»Was soll das heißen?!«

»Es ist alles schon in die Wege geleitet. Jason und ich haben die Verträge ausgehandelt.«

»Wie bitte?!«

Seine Stimme dröhnte durch die Tür.

»Du kannst dich von deinem Erbe verabschieden«, schickte er hinterher. »Eher verschwindet alles in meinen Stiftungen. Du bist nicht mehr meine Tochter!«

Einen Moment war es still nebenan. Dann wurde die Frauenstimme schrill und durchdringend.

»Bin ich das jemals gewesen? Weil ich keine Kräfte habe? Weil du dich mehr für deine vielen Bastarde interessierst?«

Es kam keine Antwort, oder sie war zu leise, um auf der dieser Seite der Tür gehört zu werden.

Dann geschah das Unfassbare. Laut und explosiv nieste Jeff. Mit aufgerissenen Augen und entsetztem Blick starrten ihn die anderen an. Ausgerechnet Jeff, der sie mit seinen präkognitiven Visionen in kritischen Momenten vorgewarnt hatte, verlor die Kontrolle im ungünstigsten Augenblick überhaupt, und verriet ihre Anwesenheit.

Die darauffolgende Stille war kaum zu ertragen. Sie sahen aus wie eine Gruppe lebensnaher Plastiken, erstarrt und regungslos. Gegen jede Vernunft hoffte Adam, dass man im Raum nebenan nichts davon gehört hatte. Er wusste aber, dass das nicht nur extrem unwahrscheinlich, sondern einfach unmöglich war.

Der Bildschirm an der Kopfseite neben der Tür flackerte. Dann füllte Thomas Clay das Bild aus. Ein Gesicht, das so gut wie jeder schon einmal gesehen hatte, erst recht als Angestellter einer seiner Firmen.

»Oh, wir haben Gäste!« hörten sie eine tiefe Stimme aus seitlichen Lautsprechern, als er zu ihnen sprach.

Panik ergriff Adam. Er konnte fühlen, wie sie durch seinen Körper strömte, und seine Gedanken kreisten nur um den Weg zwischen ihm und der verlockenden Tür zum Korridor. Fliehen. Hinaus. Auf den Gang. In den Wald. Weit weg.

»Ich rufe den Sicherheitsdienst«, hörten sie die Frau, die offensichtlich Sonya hieß, im Hintergrund reden.

Ohne sein Gesicht von der Kamera weg zu drehen antwortete Clay ihr:

»Das ist nicht nötig. Du weißt, dass ich damit alleine zurechtkomme.«

Dann sprach er direkt zu ihnen.

»Ich bin sicher, ihr möchtet zu mir ins Büro kommen, richtig?«

So absurd dieser Gedanke noch vor wenigen Augenblicken war, in diesem Moment schien er Sinn zu ergeben. Adam nickte vor sich hin. Warum nicht? Er sollte tun, was Clay sagte, seinem Vorschlag folgen. Eben hatte er noch fliehen wollen, ein entdeckter Einbrecher, jetzt setzte er sich in Bewegung, um in Clays Büro zu gehen. Die anderen taten schweigend dasselbe.

33
Konfrontation

Nun standen sie nebeneinander vor Clays Schreibtisch. Er saß gerade, aber entspannt in seinem Drehstuhl und musterte die vier ungebetenen Gäste. Nachdem er sie vor sich gesehen hatte, erinnerte Adam sich an Sonya McCarthy, Clays Tochter, aus den Klatschsendungen, die ihre Mutter verfolgte. Sie blieb nur wenige Augenblicke im Raum, dann verschwand sie mit schnellen Schritten und schlug die Tür lautstark knallend hinter sich zu.

Clay legte die Fingerspitzen gegeneinander und ließ seinen Blick von einem zum anderen wandern. Adam fühlte sich, als sei er in der Grundschule zum Direktor zitiert worden, um sich für Schmierereien an der Wand zu verantworten.

»Ich kenne zwei von euch«, begann er. »Ihr seid meine Schüler gewesen. Ihr sagt mir bestimmt eure Namen?«

Sofort beeilten sich Jeff und Tim ihm zu sagen, wie sie hießen.

Fieberhaft überlegte Adam, welchen Grund er vorschieben konnte, weshalb sie in Clays Allerheiligstes vorgedrungen waren. Bevor er sich irgendetwas zurechtgelegt hatte, richtete sich Clay an ihn und Trish.

»Und ihr beiden. Ihr möchtet mir sagen, was ihr hier sucht.«

Adam wunderte sich noch über die Formulierung, als seine Lippen schon bereitwillig eine Antwort formten.

»Wir wollen herausfinden, wer unsere Väter sind.«

Trish fiel ihm beinahe ins Wort, so sehr bemühte sie sich, Clays Frage möglichst schnell zu beantworten.

»Wir haben erfahren, dass unsere Mütter bezahlt wurden, um uns auszutragen. Wir vermuten, dass wir denselben Vater haben, zumindest einige von uns.«

»So, glaubt ihr das?«

Clay ließ die rhetorische Frage im Raum stehen. Er schien zu überlegen. Dann sagte er:

»Ich beantworte gerne eure Fragen. Ihr werdet aber niemandem davon erzählen, wenn ich es euch nicht gestatte. Und ihr verlasst friedlich mein Gelände, sobald ich es euch sage.«

Zunächst war Adam erstaunt, dass Clay sich auf so ein simples Versprechen verlassen wollte, aber er spürte bereits, dass er Clay vorbehaltlos zustimmte. Für nichts in der Welt würde er gegen seinen Willen handeln.

Er nickte, und aus den Augenwinkeln sah er, dass niemand der drei neben ihm anders reagiert. Allmählich wurde ihm klar, dass Clay auf irgendeine Weise einen direkten Einfluss auf ihre Bereitschaft zur Zustimmung ausübte. Adam konnte die

Dinge nach wie vor klar reflektieren, Sinn und Unsinn innerlich abwägen, aber im Ergebnis wollte er so antworten, dass Clay damit zufrieden war.

»Also schön«, sagte Clay mit seiner tiefen, vertrauenerweckenden Stimme. »Es ist im Grunde einfach. Ihr tragt alle meine Gene in euch. Ich darf euch also meine Kinder nennen.«

Er lächelte ihnen zu wie ein gütiger Familienvater, der seinen kleinen Kindern verzeiht, heimlich Süßigkeiten genascht zu haben.

»Macht euch aber keine Hoffnung auf irgendwelche Ansprüche, das ist alles rechtlich geklärt«, zwinkerte er ihnen freundlich zu. »Ich war übrigens einmal genauso wie ihr.«

Er ließ seinen Blick wieder über sie wandern.

»Ein einfaches Kind. Bis ich irgendwann meine Fähigkeit entdeckte.«

Er führte es nicht weiter aus, aber Adam war mittlerweile nur zu deutlich klar geworden, worin sein Talent bestand.

»Anfangs war es mir unheimlich. Und ich konnte nicht besonders gut damit umgehen. Aber mit der Zeit...«

Er machte eine vage Handbewegung.

»Ich lernte, es zu kontrollieren. Und für meine Zwecke einzusetzen. Natürlich konnte ich niemandem davon erzählen, das hatte ich schnell gelernt.«

Adam konnte sich gut vorstellen, dass diese besondere Fähigkeit beim Aufbau von Clays wirtschaftlichem Imperium äußerst nützlich gewesen war. Er hatte auf diese Weise sicher dafür sorgen können, dass so manche Entscheidung zugunsten seiner Firmen ausfiel, und viele vorteilhafte Verträge gewissermaßen diktieren können.

»Meine erste Ehe blieb kinderlos. Erst mit meiner zweiten Frau hatte ich einen Sohn, dann eine Tochter. Das Mädchen hatte keinerlei besondere Fähigkeiten, aber Max…«

Ein wehmütiger Blick schlich sich in Clays Gesichtsausdruck.

»Er verstarb mit nur 12 Jahren bei einem tragischen Unfall. Ich habe es erst spät entdeckt, aber er… Er hatte verborgene Talente. Ganz anders als meine, aber so besonders.«

Das Lächeln kehrte zurück in Clays Miene.

»Ich wollte sein Erbe bewahren. Ich unternahm einiges, um herauszufinden, was in ihm, was in uns beiden steckte. Ich wollte in der Lage zu sein, Menschen Unterstützung zu geben, denen es so ging wie Max und mir. Oder euch!«

Wieder ließ er seine Worte auf sie wirken.

»Ich wollte alles erforschen, was damit zusammenhing. Menschen mit unserem Talent dabei helfen, sich im Leben zurecht zu finden. Ihnen Anleitung geben. Ihnen den Weg bereiten, ohne sich einer boshaften Gesellschaft da draußen offenbaren zu müssen, die nichts von ihnen wissen will.«

Adam dachte an Trishs Mutter, die seinem Forscherdrang zum Opfer gefallen war, sagte aber nichts.

»Ist es das, weshalb ihr hergekommen seid? Ist das, was ihr erwartet habt?«

Während Trish und Adam schwiegen, begannen Tim und Jeff, ein paar unvollständige Sätze zu murmeln, die klangen wie:

»Wir wollten einfach nur...« und »Danke, dass wir hier...«

Clay machte keine Anstalten, sie ausreden zu lassen, sondern setzte seinen Monolog einfach fort.

»Es ist euer gutes Recht, euren Vater kennenzulernen. Ich bin froh, dass wir uns getroffen haben und darüber sprechen konnten. Ich denke, ihr werdet auch erleichtert sein. Und euch jetzt wieder eurem Leben, eurer Zukunft widmen.«

Clay hatte seine Worte, bedächtig gesetzt in großmütigem Tonfall, gerade erst ausgesprochen, als sich die Tür zum Gang öffnete und seine Tochter erneut in sein Büro trat – oder vielmehr: stürmte, dicht gefolgt von zwei jungen Männern in hellgrauen Uniformen mit militärischem Kurzhaarschnitt und entschlossenem Gesichtsausdruck. Kaum beherrschte Wut blitzte in Sonyas Augen, die ihren sichtlich verblüfften Vater fixierte. Erst jetzt bemerkte Adam, dass sie in ihrer behandschuhten Hand eine Pistole hielt, die sie ohne zu zögern auf Clay richtete.

»Du hast geglaubt, du kannst mein Leben zerstören? Einfach so?«

Clay hob beschwichtigend die Hände.

»Sonya… Das ist es nicht wert, lass uns doch einfach noch mal reden.«

»Schluss jetzt!« herrschte sie ihn an. »Du wirst mir mein Erbe nicht vorenthalten.«

Er änderte seinen Tonfall von beruhigend zu bestimmend:

»Du willst deine Waffe auf den Boden legen!«

Ungerührt zielte sie weiter mit ihrer Pistole auf seinen Kopf. Spöttisch zog sie die Mundwinkel nach unten.

»Deine Tricks funktionieren bei mir nicht mehr. Dafür habe ich jetzt meine Leute.«

Sie machte eine schnelle Kopfbewegung zu einem der beiden Männer, die einsatzbereit hinter ihr standen. Der eine schien jede Bewegung im Raum mit gespannter Aufmerksamkeit zu verfolgen, der andere sah aus, als konzentriere er sich vor allem auf Sonya. Vermutlich schützte er sie auf irgendeine Art vor Clays mentaler Einflussnahme. Jetzt fiel Adam auf, dass beide Männer an ihrer Brust ein messingfarbenes Abzeichen in Form des griechischen Buchstabens Psi trugen. Es gab schon eine Einheit mit eigenen Uniformen? Sonya musste bereits viele Jahre lang hinter Clays Rücken gearbeitet haben.

»Damit kommst du nicht durch.«

Clay klang jetzt etwas weniger selbstbewusst, aber er verlor nicht seine aufrechte Haltung und seinen intensiven Blick.

»Nein? Ich denke schon«, bekräftigte Sonya mit einem kalten Lächeln. »Schließlich haben wir hier vier Einbrecher, die vielleicht noch eine Rechnung offen hatten. Wie gut, dass wir sie stellen konnten – natürlich kurz nach ihrer Tat.«

Entsetzt sahen Trish und Adam sich an, Tim wurde bleich und Jeff schien kurz zu schwanken.

Plötzlich hörten sie von irgendwo im Gebäude eine schnelle Folge von drei Detonationen, die sie durch den Boden in ihren Füßen spürten. Diesmal blickte auch Sonya sich erschreckt um. Dann schwenkte sie kurz mit ihrer Waffe hinüber zu den Vieren, so dass Adam unwillkürlich zusammenzuckte.

»Noch mehr von euch?«

Tim schüttelte den Kopf, während Trish sagte:

»Wir haben keine Ahnung...«

»Egal«, schnitt Sonya ihr das Wort ab. »Umso besser. Je mehr Eindringlinge, umso besser sieht es für mich aus. Darum kümmern wir uns anschließend.«

Sie zielte erneut entschlossen auf Clays Kopf, und nun ging alles Schlag auf Schlag. Jeff, der diese Entwicklung offenbar vor allen anderen wahrgenommen hatte, ließ sich fallen und trat unter dem Schreibtisch gegen Clays Bürostuhl, der sich mit einem Ruck nach hinten bewegte. Als Adam den Schuss hörte, schlug fast zeitgleich das abgefeuerte Projektil in die Wand ein. Clay, der durch Jeffs Aktion knapp verfehlt worden war, hatte noch nicht verarbeiten können, dass seine Tochter tatsächlich abgedrückt hatte. Fassungslos starrte er sie an, während sie erneut auf ihn zielte. Kurz bevor Adam das Mündungsfeuer sah, ging ein Zucken durch Sonyas Arm, so dass sie den zweiten Schuss verriss und Clay ein weiteres Mal verfehlte. Das war eindeutig Tims Werk, der nun ebenfalls mit seinen Fähigkeiten eingriff. Clay hatte die Situation mittlerweile endlich erfasst und ließ sich unter den Schreibtisch sinken, um dort Deckung zu finden. Bevor Sonya ein drittes Mal schießen konnte, erfasste ihren Körper eine komplette Welle an Spasmen: Die Krämpfe schütteln sie heftig und warfen sie nach wenigen Augenblicken zuckend zu Boden, wobei sich ein weiterer Schuss löste, der zwischen Tim und Trish in der Wand einschlug. Die beiden Psi-Söldner richteten ihre Aufmerksamkeit jetzt ganz auf die neue Bedrohung. Adam wollte Clay zu Hilfe kommen, spürte aber, wie ihm heiß wurde, seine Handflächen glühten. Im selben Moment wurde Tim wie von einer unsichtbaren Druckwelle erfasst und mit dem Rücken gegen die Bürowand geschleudert.

Jeff hatte in der Zwischenzeit um Clay gegriffen und ihn zu sich unter den Schreibtisch gezogen, um ihn weiter aus der Schusslinie zu bringen. Adam starrte auf seine Hände, denen nichts anzusehen war, die sich aber anfühlten, als würde er sie auf eine heiße Herdplatte drücken. Er konnte nicht anders, als vor Schmerzen zu brüllen. Einer der beiden

Söldner zeigte ein sadistisches Grinsen und verfolgte Adams Qualen mit zusammengekniffenen Augen.

Trish rannte in diesem Moment auf die noch angelehnte Tür zum benachbarten Konferenzraum zu und warf sich beim Herausrennen dagegen. Dann rief sie etwas seitlich in das Smartphone an ihrem Arm und ging hinter der Wand in Deckung.

Adam hatte keinen Überblick mehr über die das Chaos, das in Clays Büro ausgebrochen war, zu sehr war er mit seinen höllischen Schmerzen beschäftigt. Er hatte weder Augen für Sonya, die noch auf dem Boden lag, aber deren Zuckungen nachließen, noch bemerkte er, wie Tim sich wieder aufrappelte. Als seine Nerven plötzlich keine Schmerzen mehr meldeten, sah er, wie die Söldner sich die Hände vor die Augen schlugen und sich vornüberbeugten.

»Los, los, los!«

Trish rief aus dem Nebenraum, und Adam musste nicht lange überlegen. Sowohl er als auch Tim und Jeff, der den wie gelähmt wirkenden Clay am Arm hinter sich herzog, nutzten die Gelegenheit und stürmten aus der Bürotür in den Konferenzraum. Sie alle hatten nur noch eins im Sinn: So schnell wie möglich dieses Gebäude zu verlassen und sich zu retten. Auf dem Weg durch den Konferenzraum Richtung Gang blickte Adam noch einmal hinter sich und sah, wie Sonya sich langsam aufrichtete, auch wenn ihre Glieder noch vereinzelt zuckten. Nur einer der Söldner war noch in seinem

Blickfeld, der vornübergebeugt mit den Fingerspitzen in seinem Auge hantierte. Es sah aus, als hätte er eine dieser AR-Linsen, und wollte sie jetzt dringend loswerden.

Adam rannte direkt hinter Trish aus dem Besprechungsraum hinaus auf den Korridor, gefolgt von den beiden anderen mit Clay, der mehr hinter ihnen her stolperte als lief. Sie wollten in Richtung des Treppenschachts fliehen und den Weg nehmen, den sie hierher genommen hatten. Doch Clay rief ihnen zu: »Hier lang, schnell!« und lief in ungeschickten, kurzen Schritten, aber so zügig er konnte, in die andere Richtung durch den langen Korridor. Nach kurzem Zögern folgten sie ihm, vorbei an der Tür zu seinem Büro. Adam hoffte inständig, dass die drei noch beschäftigt mit sich selbst waren.

»Wohin laufen wir?« rief Trish im Laufen zu Clay. Adam hatte schon die Befürchtung, Clay wolle den Aufzug nehmen, aber er lief mit ihnen daran vorbei, ohne anzuhalten.

»Garage«, presste Clay nur kurzatmig hervor. »Schnell!«

Hinter sich hörten sie heute zum zweiten Mal das typische »Ping«, das die Ankunft des Aufzugs auf der Etage anzeigte. Noch weiter hinten vernahm Adam den wütenden Schrei Sonyas, ein Schuss wurde abgefeuert. Sie zogen augenblicklich die Köpfe ein und wechselten zu der Wandseite, die ihnen wegen der Biegung am meisten Schutz versprach, und drückten sich flach dagegen. Das brachte sie für einen Moment aus der direkten Schusslinie Sonyas – unglücklicherweise waren sie aber vom Aufzug her einsehbar. Aus der Kabine traten drei bullige Männer in martialischer Aufmachung: Sie steckten in Tarnkleidung, trugen schwere Springerstiefel, schwarze, schusssichere Westen und Helme. Außerdem hielten sie kurze Schnellfeuerwaffen in der Hand. Als hätten sie diesen Ablauf hunderte Male eingeübt, nahmen die drei sofort ihre Positionen ein. Wie aus der Choreographie eines Actionfilms entsprungen knieten sich die äußeren der drei Männer, mit ihrer Waffe im Anschlag, jeder in eine andere Richtung des Korridors gerichtet. Dabei ragten sie nur so viel wie nötig aus der Aufzugkabine. Der Mittlere stellte sich genau zwischen sie und verschaffte sich einen schnellen Überblick in beide Richtungen des Korridors.

»Portnoy!« entfuhr es Clay, der wenige Meter von Adam entfernt an der Wand lehnte. Ganz offensichtlich war dieser Typ für den Konzernchef kein Unbekannter. Und auch Adam erkannte sein Gesicht von den Fotos wieder, die sie durchsucht hatten: Vor ihnen stand Ted. Perseus war hier und wild entschlossen, mit seinen Gegnern aufzuräumen.

Ted Portnoy zielte kurz in Richtung der fünf Personen an der schräg gegenüberliegenden Wand, dann schwenkte er herum. Offenbar hatte er die andere Seite als gefährlicher eingestuft.

Adam fühlte sich deshalb nur wenig sicherer, immerhin zeigte die Waffe einer der knienden Männer immer noch bedrohlich in ihre Richtung.

Zum Nachdenken blieb allerdings nicht viel Zeit, denn schon bald brach zum wiederholten Mal die Hölle los. Ein Schuss fiel aus der Richtung, in der Sonya stand.

»McCarthy, du verdammte Hexe!« brüllte Ted und feuerte eine Salve aus seinem Sturmgewehr. Adam wurde mit einem Schlag klar, dass Sonya die verhasste »Medusa« sein musste, die für die Perseus-Gruppe die Wurzel allen Übels darstellte. Er befürchtete aber, diese Erkenntnis mit ins Grab nehmen zu müssen, nachdem die ersten Schüsse gefallen waren und er immer noch in die Mündung eines Sturmgewehrs sah. Doch die Ereignisse überschlugen sich: Der Bewaffnete, der sie unmittelbar bedrohte, ließ sein Sturmgewehr los und griff sich keuchend an den Hals. Tim hatte in Todesangst offenbar sein Einfühlungsvermögen überwunden und wollte das Schlimmste verhindern, indem er auf die Muskeln der Luftröhre einwirkte. Der andere Kniende schrie auf und feuerte eine unkontrollierte Salve hoch an die Decke, bevor er ebenfalls seine Waffe fallen ließ und immer noch schreiend auf seine behandschuhten Hände starrte. Adam konnte genau nachfühlen, was er gerade spürte. Gleichzeitig erhielt Ted einen gewaltigen Stoß, der ihn von den Beinen riss und nach hinten auf den Boden des Aufzugs fallen ließ. Danach fielen erneut einzelne Pistolenschüsse, die sich näherten. Der Schreiende, der gerade versuchte, die imaginären Flammen auf seinen Händen an seiner Schutzweste auszuschlagen, wurde knapp neben der Weste an der Schulter getroffen.

Ohne abzuwarten, wie sich die Situation weiterentwickelte, stürmten Trish, Adam und die anderen los, immer nah an der Wand, weg vom Aufzug und so schnell wie möglich aus der Schusslinie der Kontrahenten. Adam hoffte, dass die beiden Parteien sich lange genug aneinander aufreiben würden, um ihnen die Flucht zu ermöglichen. Clay deutete schließlich auf eine Brandschutztür in der Wand gegenüber, über der das Piktogramm einer Treppe prangte. Adam sprang hinüber und riss sie auf; zum Glück bot die Metalltür ihnen zusätzliche Deckung. Einer nach dem anderen wechselte hinüber und folgte Clay, der sie im Treppenschacht einen Absatz nach oben führte. Adam, der die Tür offengehalten hatte, sprang als letzter die Treppe hoch und hörte, wie eine Kugel in die gerade zufallende Tür schlug. Auf dem oberen Absatz gab es nicht nur eine Tür zum obersten Korridor, sondern außerdem eine weitere auf der anderen Seite. Clay ging diesmal voraus.

Sie stürmten auf das oberste Deck der hell gestrichenen und taghell ausgeleuchteten Tiefgarage. Vor ihnen stand ein hochgewachsener Mann mit sauber gekämmtem Seitenscheitel in einem schwarzen Anzug, mit weißem Hemd und dunkler Krawatte.

Adam erstarrte, als dieser unter seinem Jacket in Sekundenschnelle eine Pistole hervorholte und sie in ihre Richtung hielt – vorbei an Clay.

»Mr. Clay?« fragte er und schien auf Anweisungen zu warten.

»Mark, wir müssen raus hier, und zwar schnell.«

Mark steckte seine Waffe weg und warf einen fragenden Blick in Richtung der anderen Vier.

»Was ist mit den Herrschaften?«

»Die kommen mit. Los jetzt!« drängte Clay. Er stürmte auf die schwarze, sportliche Kombilimousine zu, die direkt hinter Mark parkte; Adam und die anderen folgten ihm. Mark öffnete die hintere Wagentür des Panamera für Clay und stieg dann auf der Fahrerseite ein, während die anderen sich ebenfalls beeilten, ihre Sitze einzunehmen. Jeff sprintete um das Auto herum auf den Beifahrersitz, Adam, Trish und Jeff quetschten sich zu Clay auf die Rückbank, halb übereinandersitzend. Noch bevor Jeff die Wagentür ganz geschlossen hatte, fuhr Mark bereits an. Vom Parkdeck aus sahen sie den großzügigen Empfangsbereich. Die futuristisch gestaltete, helle Lobby war nur durch eine bodentiefe Glaswand vom Parkdeck getrennt, die allerdings beinahe vollständig in Scherben lag. Vor der Rezeption konnten sie im Vorbeifahren die Leiche des Wachmanns liegen sehen. Große Teile der Einrichtung waren zerstört.

»Ich habe mir erlaubt, direkt nach meinem Eintreffen vorhin die Polizei zu rufen«, informierte

Mark seinen Arbeitgeber, den Blick fest nach vorne gerichtet.

Ängstlich drehte Adam sich um und schaute aus dem Heckfenster. Wo sie alle das Parkdeck eben erst betreten hatten, öffnete sich erneut die Türe, und Sonya stürzte herein, unmittelbar hinter ihr einer der Psi-Söldner. Ihr musste klar sein: Falls ihnen die Flucht gelingen sollte, bedeutete das ihr eigenes Ende. Sie hatte viel zu verlieren. In schneller Folge feuerte sie ihr Magazin auf die Limousine ab und rannte ihnen dabei hinterher. Zwei Schüsse verfehlten den Wagen komplett, einer streifte mit einem hässlichen Geräusch das Dach. Jetzt stöhnte Mark kurz auf, seine Hände lösten sich einen Moment vom Lenkrad und der Wagen schlingerte für ein paar Meter, dann griffen sie noch fester zu. Er beschleunigte mit schmerzverzerrtem Gesicht und steuerte auf die gewundene Rampe zu, die zum Ausgang führte. Nur eine halbe Sekunde später durchschlug eine Kugel das Heckfenster, und eine weitere traf das Heck des Wagens etwas tiefer. Adam schrie auf, als er den brennenden Schmerz spürte. Eine Kugel hatte ihn irgendwo an seiner linken Seite erwischt. Er presste seine Hand gegen die Stelle, wo sich der Stoff seines T-Shirts blitzartig dunkel färbte. Der Schmerz war überwältigend, und ihm wurde sofort schwarz vor Augen. Er hörte noch, wie Trish entsetzt seinen Namen rief, dann verlor er das Bewusstsein.

34
Kein Entkommen

Später hatte er erfahren, dass Mark in halsbrecherischer Geschwindigkeit aus der Tiefgarage geschossen war und den Panamera den kurvigen Weg durch das Wäldchen gejagt hatte. In der Zwischenzeit war Adam wieder halbwegs zu sich gekommen. Während Jeff bemüht war, Adams Blutung notdürftig mit allem, was er finden konnte, zu stillen, raste der Wagen auf die öffentliche Straße zu. Clay entschied, zu seiner nahe gelegenen Blockhütte zu fahren, wie er es nannte, weil sie Adams Verletzungen dort am schnellsten versorgen konnten. Natürlich war es keine kleine Hütte im Wald, vor der sie wenig später hielten. Als der Wagen vor den breiten Eingangsstufen im aufspritzenden Schotter bremste und sie Adam hastig zum Haus trugen, entpuppte es sich als zweigeschossige Villa aus beeindruckend riesigen Holzstämmen, großen rustikalen Steinen und viel Glas, alles im Ranch-Stil gehalten, aber dabei sichtlich modern. Warmes Licht drang aus allen Fenstern nach draußen, der Geruch von Kaminfeuer lag in der Luft. Clay eilte zur doppelflügeligen Eingangstür, um den Code zum Aufschließen einzugeben, aber man öffnete ihnen bereits. Eine stämmige Frau in Kochschürze half ihnen mit entsetzter Miene herein; im Hintergrund trat ein breitschultriger Mann mit grauem Bart in den Vorraum. Er zögerte nur kurz, dann übernahm er Adam und trug ihn bereits weiter nach hinten, als Clay gerade erst die Anweisung gab, ihn in den Erste-Hilfe-Raum zu bringen. Mark erläuterte dem Bärtigen gleichzeitig mit knappen Worten die Situation und die Bedrohungslage. Der Fahrer schien erfahren zu sein in der Behandlung von Schussverletzungen. Mit Unterstützung des Graubärtigen, offensichtlich eine Art Hausmeister oder Verwalter, hoben sie den stöhnenden Adam auf die Krankenliege und trennten seine Kleidung auf. Während sie eilig begannen, seine Wunden zu versorgen, zeigte sich Clays lange geübtes Talent als Anführer. Er wies alle anderen an, die Läden an sämtlichen Fenstern zu schließen oder zumindest Vorhänge zuzuziehen, wo es keine Läden gab. Er selbst sorgte für die Verriegelung der Eingangstür, änderte den Zugangscode und eilte dann zum Waffenschrank. Er nahm eines der beiden Gewehre und reichte Jeff das andere.

»Was hat es mit diesem Ted Portnoy auf sich?« wollte der von Clay wissen, während er die Waffe in Empfang nahm.

»Er war lange für den Sicherheitsdienst bei uns zuständig. Bis er sich Verfehlungen gegenüber Sonya erlaubt hat.«

Er reichte Jeff eine Schachtel mit Patronen.

»Kannst du damit umgehen?«

»Eigentlich nicht...« begann Jeff.

»Dann übernimmt Stewart das«, entschied Clay und ließ sich das Gewehr zurückgeben.

»Ah, Graubart«, folgerte Jeff. »Gute Idee.«

Mark war noch damit beschäftigt, Adams Verband mit einer weiteren Lage zu fixieren, als Stewart sich den anderen anschloss. Gemeinsam bereiteten sie nach Anweisungen von Clay das Kaminzimmer vor. Jeff, Tim und der Bärtige kippten mit vereinten Kräften einen überdimensionierten Holztisch zur Seite und schoben ihn so zurecht, dass seine breite Fläche in Richtung Eingang stand, im Rücken die fensterlose Steinwand, in der sich der offene Kamin befand.

Trish stahl sich zwischendurch in den Erste-Hilfe-Raum und beobachtete die letzten routinierten Handgriffe, die Mark vornahm. Zu ihrem Schrecken war Adam aschfahl. Zwischen seinen halb geschlossenen Augenlidern sah Trish das Weiß seiner Augäpfel. Unter der Liege türmte sich ein Haufen mit blutgetränkter Kleidung, in Streifen geschnitten.

Trish trat näher heran.

»Wie geht es ihm?« fragte sie Mark beinahe flüsternd.

»Nicht gut«, entgegnete der Fahrer knapp, ohne sie dabei anzusehen. Trish vermutete, dass er eine militärische Ausbildung hatte und derartige Situationen kannte. »Er hat viel Blut verloren.«

Es war für Trish kaum zu entscheiden, ob Adam noch bei Bewusstsein war oder bereits wieder ohnmächtig. Tatsächlich hörte er sie sprechen, fern, wie durch einen dämpfenden Schleier. Vielleicht waren hier gnädige körpereigene Substanzen am Werk oder Marks Behandlung. Trish legte ihre Fingerspitzen auf seinen nackten Arm, dann, instinktiv, ihre flache Hand auf Adams Brustbein. Dort verweilte sie einen Moment. Adam fühlte eine intensive, wohltuende Wärme, die von dieser Berührung ausging. Sie breitete sich radial in seinem Körper aus, wie die Welle nach einem Steinwurf in einen stillen See. Er nahm seine Umgebung wieder klarer wahr, aber seine Schmerzen kehrten damit nicht erneut intensiver zurück. Im Gegenteil war es, als durchströmte neue Kraft seinen Körper. Er schlug die Augen auf – in diesem Moment zog Trish ihre Hand zurück und brach neben der Liege zusammen.

Mark packte sie sofort unter den Armen und half ihr auf. Zum ersten Mal schien er kurzzeitig seine Fassung verloren zu haben.

»Was war denn das?!«

Trish konnte stehen, war aber sichtlich geschwächt und stützte sich auf der Liege ab.

»Trish«, murmelte Adam und versuchte sich mit dem Oberkörper aufzurichten, aber die Schmerzen waren noch zu stark, so dass er sich direkt wieder sinken ließ.

Sie lächelte Adam an, noch auf die Liege gestützt.

»Das ist neu«, sagte sie dann und atmete lange aus. »Offenbar haben sie sich geirrt und ich habe doch ein Talent.«

Sie musste grinsen und Adam antwortete mit einem glücklichen Lächeln. Mark schnaubte ungehalten.

»Keine Zeit für Romantik. Du musst hier raus, wenn du aufstehen kannst.«

»Hey, wir sind Geschwister«, protestierte Adam mit leiser Stimme, während Mark ihm hoch half und seine Bemerkung ignorierte. Clay rief sie bereits aus dem Kaminzimmer herüber, um sich dort zu versammeln. Sie hatten den hohen Raum mit seiner hölzernen Galerie nach besten Möglichkeiten so umgebaut, dass sie Deckung finden und einem Angriff ein paar Minuten standhalten konnten.

Clay nutzte die Gelegenheit, auch mit Blick auf die verstört dreinblickende Köchin, die nichts über den Grund für die Aufregung wusste, um ein paar Worte zu sprechen.

»Wir befinden uns in einer besonderen Situation. Wir werden vielleicht sehr bald erneut angegriffen. Von meiner Tochter…«

Die Köchin schaute Clay verwirrt an.

»… von ihren Söldnern, möglicherweise weiteren Männern. Es hat bereits Tote und Verletzte gegeben. Es ist also ernst.«

Sein Blick wanderte zu Adam, der bandagiert und sichtlich angeschlagen war, aber alleine aufrecht stehen konnte.

»Natürlich haben wir die Polizei bereits gerufen, aber bis sie eintrifft, kann es zu spät sein. Bereiten wir uns also auf das Schlimmste vor.«

Stewart nickte entschlossen, Mark zeigte keine Regung, der Rest blickte unsicher. Einen Moment schwiegen alle. Schließlich gab Clay Anweisungen, wie sie vorzugehen hatten. Tim und Stewart mit seinem Gewehr nahmen Positionen auf der L-förmig umlaufenden Galerie ein, von der aus sie den Raum überblicken konnten, geschützt durch die massive Brüstung. Gleichzeitig blockiert Stewart den Eingang zum angrenzenden Schlafraum, in dem der verletzte Adam, Trish und die Köchin sich vorerst verbergen sollten. Clay mit seinem Gewehr, Mark mit seiner Handfeuerwaffe und Jeff, der sich notdürftig mit einem Schürhaken bewaffnet hatte, überblickten den unteren Teil des Kaminzimmers aus ihrer Deckung zwischen Kaminwand und dem schweren gekippten Tisch. Dann warteten sie.

Minuten zogen sich wie Stunden. Adam lauschte auf die Geräusche außerhalb der Blockhausvilla. Jetzt, da sie nicht mehr mit Vorbereitungen beschäftigt waren, wirbelten die Gedanken durch seinen Kopf. Konnte Sonya noch riskieren, ihnen zu folgen? Es dürfte ihr immer schwerer fallen, die Schuld auf Eindringlinge zu schieben. Die Geschichte konnte längst nicht mehr stimmig wirken. Außerdem gab es jetzt mehr potentielle Zeugen. Andererseits konnte sie Clay jetzt nicht mehr entkommen lassen. Und was war mit Perseus, also Ted und seinen Leuten? Waren sie von den Psi-Söldnern erledigt worden? Oder mussten sie sich auf weitere Gegner einstellen?

Unten vor dem Kamin raunten sich Clay und die anderen gelegentlich etwas zu, das oben nicht zu verstehen war.

»Ich kann mich nicht an den Gedanken gewöhnen, dass Clay unser Vater ist«, flüsterte Adam, an Trish gewandt.

»Allerdings. Das ist… bizarr.«

Trish schien sich ein wenig erholt zu haben. Sie musste – zusätzlich zur Lage, in der sie sich befanden – die Entdeckung ihrer eigenen Kräfte verarbeiten.

Die Köchin, die sich zwischenzeitlich als Martha vorgestellt hatte, mischte sich zögerlich ein.

»Was ist denn eigentlich passiert?«

Sie versuchten ihr in möglichst kurzer Zeit einen Abriss über die Ereignisse der vergangenen Stunde zu geben. Und eine Vorahnung davon, was sie in den kommenden Minuten zu erwarten hatte. Sie sprachen mit gesenkter Stimme, aber sie waren sicher, dass Stewart, der mit seinem breiten Rücken den Türrahmen zur Galerie hin ausfüllte, aufmerksam zuhörte. Martha hing an ihren Lippen, mit teils ungläubiger, teils erschreckter Mimik. Adam wusste nicht, wie er reagiert hätte, wenn er all diese Informationen über Psi-Kräfte und die rasante Entwicklung zwischen Clay und seiner Tochter in solch gebündelter Form von einem Fremden erzählt bekommen hätte. Aber er war sicher, dass die Situation, einschließlich seiner Verletzungen, den Ernst der Lage nur zu deutlich machte.

Schließlich hörten sie, wie sich Fahrzeuge näherten, und unterbrachen ihre Unterhaltung abrupt. Es schienen zwei Wagen zu sein, die hörbar im Kies bremsten. Türen schlossen sich. Die Anspannung stieg, während sie weiter auf jedes Geräusch lauschten. Gelegentlich meinte man Schritte im Kies zu hören, dann knackte einer der Holzscheite im Kamin und sorgte für nervöse Blicke. Wieder vergingen scheinbar endlose Minuten. Martha hielt die Spannung nicht aus und ging im Schlafzimmer neben dem Bett auf und ab. Als sie Splittern und das Bersten von Fensterscheiben hörten, irgendwo unten im Haus, schrak sie zusammen und hielt sich eine Hand vor den Mund. Im selben Augenblick war die Alarmanlage ausgelöst worden. Ihr kontinuierliches, hochfrequentes Piepen strapazierte Adams Nerven zusätzlich. Jetzt war es nur noch eine Frage von wenigen Minuten, bis es losging. Adam konnte sehen, wie Stewart unruhig wurde und seinen Blick über den Raum unter ihm schweifen ließ, das Gewehr schussbereit. Jeder rechnete damit, dass etwas passierte; niemand wagte zu sprechen. Aber nichts geschah.

Adam näherte sich vorsichtig der Tür zur Galerie, an der Stewart stand, und blickte an ihm vorbei hinunter in das Kaminzimmer. Clay hatte seinen Gewehrlauf über den gekippten Tisch gelegt und zielte auf den Durchgang zur Eingangshalle. Mark hielt seine Pistole noch gesenkt, war aber sichtlich bereit, sie sofort einzusetzen, und richtete seinen

Blick ebenfalls Richtung Durchgang. Jeff kauerte in der Deckung des Tischs gehockt auf dem Boden und drehte den Schürhaken in seinen Händen.

Adam wollte seinen Blick gerade wieder abwenden, da entdeckte er eine Bewegung oder ein Flimmern an der Kaminwand hinter den Dreien. Er machte Stewart darauf aufmerksam. Jetzt, da sie genau hinsahen, konnten sie die Umrisse eines Menschen ausmachen. Er bewegte sich in einer geschmeidigen, fließenden Bewegung, fast wie in Zeitlupe, und nahm dabei immer die Erscheinung der Gegenstände hinter ihm an, Struktur, Farbe, sogar sämtliche Details. Sobald er stillstand, war er praktisch unsichtbar. Das menschliche Chamäleon näherte sich Jeff von hinten. Adam dachte nicht lange nach und schrie:

»Jeff – hinter dir!«

Erschrocken blickte Jeff instinktiv erst einmal hoch zu Adam, bis er verstand und begann, sich umzudrehen – doch es war zu spät. Das Chamäleon hatte ihm seinen Arm fest um den Hals gelegt und ihn nach hinten gerissen. Der Schürhaken fiel scheppernd zu Boden. Doch auch Mark war blitzschnell herumgewirbelt und hatte die Situation schnell erfasst. Auch er hatte den kaum wahrnehmbaren Umriss in Bewegung entdeckt und aus Jeffs Bewegungen die genaue Position des Unbekannten ableiten können. Er zielte eine Handbreit über Jeffs Kopf, der aus der Hocke nach hinten gerissen worden war, und feuerte ohne zu zögern. Jeff fiel hintenüber, nach Luft ringend, während unter ihm der nackte Körper eines sehnigen Mannes sichtbar wurde. Leblos, mit schlaffen Gliedmaßen. Überrascht sah Clay hinter sich. In diesem Moment stürmten zwei bekannte uniformierte Männer den Raum und suchten getrennt voneinander Deckung, solange die Aufmerksamkeit nicht ihnen galt. Auch auf der Galerie hörte Adam Schritte vom oberen Durchgang her, aber er konnte von seiner Position aus nichts sehen. Von da an geschah eine Menge gleichzeitig. Clay, der durch seine Drehung seitlich zum Tisch stand, wurde von einem unsichtbaren Stoß umgeworfen und stürzte zu Boden, wobei sich ein Schuss aus seinem Gewehr Richtung Decke löste. Mark drehte sich zurück Richtung Durchgang und ging hinter dem Tisch in Deckung. Direkt vor Adam begann Stewart zu schreien, ein panisches, angsterfülltes Schreien, das man dem graubärtigen Kerl nicht zugetraut hätte. Er schoss zwei Mal mit seinem Gewehr völlig unkoordiniert in der Gegend herum, ließ die Waffe dann fallen und schlug mit den flachen Händen überall auf seinem Körper herum, als wäre er über und über von giftigen Insekten übersät. Pistolenschüsse fielen auf der Galerie, Adam konnte das Holz der Brüstung direkt hinter Stewart splittern sehen. Adam presst sich dicht an die Wand, während er weiter hinunter in das Kaminzimmer sah. Auch Mark feuerte jetzt aus seiner

Deckung; Clay und Jeff lagen noch auf dem Boden und wollten sich gerade aufrichten.

Der schwere Tisch, der als Deckung diente, erhielt einen plötzlichen Stoß, als hätte ein Bulldozer ihn angerempelt. Mark wurde mitsamt dem Tisch einen Meter nach hinten gedrückt, blieb aber aufrecht. Er bewegte seine Linke so krampfartig, als habe er starke Schmerzen, und die Waffe in seiner Rechten zitterte. Dennoch ließ er nicht nach, die beiden Kontrahenten vor ihm mit Schüssen einzudecken.

Adam griff nach Stewarts Beinen, der sich mittlerweile zappelnd auf dem Boden wand, und zog ihn mit Trish, die hinzugeeilt war, von der Galerie ins Schlafzimmer. Ein Schuss fiel noch, dann hörte er ein Röcheln aus der Richtung, von der die Pistolenschüsse gekommen waren. Er ließ Stewart liegen, der sich immer noch auf dem Boden wälzte und um sich schlug, und wagte einen schnellen Blick um die Ecke. Sonya stand dort, hatte ihre Waffe offenbar fallen gelassen, und zuckte am ganzen Körper, ihr Gesicht wutverzerrt. Schräg hinter ihr fasste sich ein weiterer Psi-Söldner mit panischem Gesichtsausdruck an den Hals und schnappte nach Luft. Jeff hatte offenbar die Lage hier oben für einen Moment entschärft. Adam hörte neben sich ein Schnaufen: Zu seiner Überraschung zwängte sich Martha an ihm vorbei auf die Galerie, bückte sich nach Stewarts Waffe, legte mit einer geübten Bewegung an und schoss drei Mal: Ein Schuss ging in Richtung des röchelnden Söldners, den sie aber verfehlte, vielleicht weil dieser gerade mit bläulicher Gesichtsfarbe auf die Knie sank. Dann schwenkte sie hinunter in den Raum und feuerte zwei weitere Schüsse ab. Ein schmerzerfüllter Aufschrei machte deutlich, dass zumindest ein Schuss sein Ziel gefunden hatte. Sonyas Zuckungen ließen nach. Bevor sie Anstalten machen konnte, sich nach ihrer Waffe zu bücken, schwenkte Martha erneut herum und bedrohte sie mit ihrem Lauf.

»Finger weg!«

Sonya gehorchte augenblicklich beim Anblick der bewaffneten Köchin und nach der eindrucksvollen Demonstration ihrer Entschlossenheit. Sofort hob sie ihre Hände, ihr Mund zur bitteren Parodie eines Lächelns verzerrt. Adam konnte hören, wie Stewart sich hinter ihm wieder aufrappelte. Von unten vernahmen sie Clays Stimme, die er laut dröhnen ließ.

»Ihr wollt nicht mehr weiter gegen mich kämpfen. Ihr möchtet jetzt damit aufhören; ihr wollt euch uns ergeben. Legt eure Waffen nieder und setzt euch auf den Boden.«

Zögerlich trat Adam näher an die Brüstung heran und blickte hinunter, auch Jeff richtete sich aus seiner Deckung hinter der Brüstung der Galerie auf. Wer von den Psi-Söldnern auch immer fähig gewesen war, eine Art mentalen Schild gegen die Beeinflussung durch Clay aufzubauen, schien dazu im Augenblick nicht in der Lage zu sein. Das war offenbar auch dem Konzernleiter klar, weshalb er sofort seine Chance genutzt hatte.

Neben Adam und Martha waren jetzt auch Trish und Stewart aus der Tür des Schlafzimmers auf die Galerie getreten. Der Graubärtige wirkte ein wenig beschämt, sein öffentlicher Kampf gegen eingebildete Gegner und der daraus folgende komplette Kontrollverlust war ihm sichtlich unangenehm. Auch Jeff näherte sich vom anderen Ende der Galerie. Die Erleichterung darüber, dass der Kampf überstanden war, konnte Adam ihm deutlich ansehen. Noch während sie dabei zusahen, wie Sonya und ihre Leute sich bereitwillig auf den Boden setzten, sofern sie dazu noch in der Lage waren, hörten sie Polizeisirenen und das charakteristische Knattern von Hubschrauberrotoren in der Ferne. Als diese Geräusche anschwollen, dachte Adam, dass er vor etwas mehr als einer Stunde noch davor geflüchtet wäre – jetzt bedeutete es etwas gänzlich anderes. Adam fühlte, wie Trish sich neben ihn schob und ihren Arm um ihn legte. Er umarmte sie. So standen sie einen Augenblick und schwiegen, dann beobachteten sie unten Clay, wie er sich erschöpft in einen Sessel sinken ließ und das Gewehr vorsichtig vor sich ablegte.

»Dieser Mann da unten soll unser Vater sein. Das ist immer noch irgendwie surreal«, sagte Adam leise. Trish nickte.

»Und wir sind nicht mal die einzigen in diesem Raum, denen er seine Gene vererbt hat. Ich komme auf acht. Den Toten mitgerechnet.«

Dann ergänzte sie:

»Und nicht weit von hier ist ein Internat voll mit seinen Kindern.«

»Meinst du, er hat ihre Mütter überhaupt jemals gesehen?«

»Unwahrscheinlich. Vielleicht in Ausnahmefällen...«

Adam betastete gedankenverloren seine Seite, wo Marks Verband die Wunde schützte.

»Das wird noch eine spannende Nacht, wenn die Polizei uns alle befragt. Ich bin gespannt; Clay dürfte einiges zu erklären haben.«

Trish gab ein kurzes, trockenes Lachen von sich.

»Allerdings, das geht schon mit dem nackten Toten los.«

Sie entschieden sich, zu den anderen ins Kaminzimmer hinunter zu gehen. Stewart eilte zur Eingangshalle, um der eintreffenden Polizei zu öffnen, während sich alle vor den glimmenden Holzscheiten im Kamin versammelten.

35
Nach dem Sturm

Es hatte eine ganze Weile gedauert, bis wieder eine Art von Ordnung eingekehrt war. Die Einsatzkräfte hatten anfänglich Schwierigkeiten, die Lage zu überblicken, und schienen dankbar für Clays Hilfestellungen. Der Konzernleiter sorgte auf seine autoritäre Art dafür, dass die Seiten auseinandergehalten werden konnten und die richtigen Leute in Handschellen abgeführt wurden. Der angeschossene Psi-Söldner wurde direkt versorgt und dann zur weiteren Behandlung abtransportiert. Adam lehnte es vorerst ab, seine Verwundung untersuchen zu lassen. Er fühlte sich erstaunlich gut, und Marks Verband war offenbar fachmännisch angelegt.

Die Spurensicherung nahm ihre Arbeit auf, die Zeugen wurden nach Möglichkeit voneinander getrennt. Noch bevor der leitende Ermittler erste Fragen stellen konnte, trafen Bundesbeamte ein und übernahmen den Fall. Und auch sie wurden nach einer Weile zur Seite genommen und nach einigen Diskussionen im Hintergrund durch anderes Personal ersetzt. Bis tief in die Nacht blieben Adam, Trish und die anderen in der Nähe der Blockhausvilla, deren Umgebung durch mobile Flutlichter taghell erleuchtet war, mussten immer wieder Fragen beantworten, aber auch oft einfach nur warten. Adam kämpfte gegen eine tiefsitzende Müdigkeit und hatte Mühe, aufmerksam oder auch nur wach zu bleiben. Tatsächlich nickte er einige Male im Sitzen ein. Daher war er froh, als sie den Ort des Geschehens verlassen durften und man Jeff, Tim, Trish und ihn endlich zu ihrem Pickup fuhr.

36
Einladung für zwei

Unaufhaltsam raste die Kugel auf ihr Ziel zu. Dann traf sie ihr Ziel frontal – und die Pins stoben in alle Richtungen auseinander.

»Ja!« rief Jeff triumphierend.

»Nicht übel!«

Adam nickte anerkennend und drehte sich dann zu Tim um.

»Findest du nicht, dass er ein bisschen *overdressed* ist – zum Bowlen?«

»Was ist denn das für eine Frage? Jeff ist immer drüber.«

Jeff griff nach seiner Bierflasche und kam breit grinsend zu den anderen herüber.

»Macht das erst mal nach!«

Alle drei stießen mit ihren Flaschen an und nahmen einen Schluck.

»Schade, dass Trish nicht hier sein kann«, sagte Jeff.

Adam stimmte zu.

»Sie hat versprochen, nächstes Mal dabei zu sein. Außerdem glaube ich, Bowling ist nicht ganz ihr Ding.«

»Ach übrigens…«

»Ja…?«

»Danke, dass ihr uns in Lebensgefahr gebracht habt!«

Jeff boxte Adam fest gegen die Schulter. »Hauptsache ihr wisst jetzt, wer euer Daddy ist!«

»Hey, niemand hat euch gezwungen«, verteidigte sich Adam und rieb seine Schulter.

»Er meint es nicht so«, schaltete Tim sich ein. »Außerdem habt ihr mein Leben gerettet. Alles gut.«

»Er hat recht.«

Jeff klopfte Adam freundschaftlich auf den Rücken.

»Ich bin froh, dass wir euch kennengelernt haben. Wir hätten sonst eine Menge verpasst!«

»Allerdings!«

Tim verdrehte die Augen.

»Ein bisschen weniger Action hätte mir auch gereicht.«

»Habt ihr eigentlich verfolgt, was sie in den Medien darüber gebracht haben?«

Jeff schaute Tim und Adam nacheinander an.

»Ich konnte kaum glauben, was sie daraus gemacht haben.«

»Ja, sie berichteten irgendetwas von einem Racheakt eines Ex-Angestellten«, sagte Tim. »Gewaltsames Eindringen, paramilitärisch organisiert. Von Sonya McCarthy kein Wort.«

»Naja, schon«, widersprach Jeff. »Aber nicht in diesem Zusammenhang. Sie muss sich wegen Unterschlagung und Veruntreuung verantworten. Clay hat ihr alle Posten in der Holding entzogen.«

»Ich hätte ja mit einer Anklage wegen versuchten Mordes gerechnet. Mindestens«, sagte Adam. »Staatsanwaltschaft und Polizei sind doch nicht blind.«

»Wenn Clay das will, vielleicht schon. Du weißt schon, als einer der mächtigsten Wirtschaftsbosse. Wenn er an den richtigen Stellen seinen Einfluss geltend macht… Nicht zu vergessen sein Talent, anderen seinen Willen aufzuzwingen,« gab Tim zu bedenken.

»Warum sollte er Sonya schützen? Nach all dem, was vorgefallen ist? Sie wollte ihn töten!«

Adam schüttelte verständnislos den Kopf.

»Vielleicht, weil sie immer noch seine Tochter ist. Vielleicht will er aber auch, dass bestimmte Dinge nicht näher beleuchtet werden«, überlegte Jeff.

»Wir könnten ihn fragen. Jeff und ich sind in ein paar Wochen zu einer Ehemaligen-Feier eingeladen.«

Adam sah Tim erstaunt an.

»Ihr wollt dorthin fahren? Zur Boarding School?«

»Klar, wieso nicht? Wir sind alle paar Jahre mal dort. Ist immer nett. Alleine schon, um die Jungs aus den alten Mannschaften wiederzusehen.«

Adam nahm einen Schluck Bier. Nachdenklich sagte er:

»Habt ihr euch eigentlich auch mal gefragt, warum die Perseus-Spinner nicht zum Internat gefahren sind? Sie wollten uns doch alle beseitigen…«

Jeff und Tim schwiegen erst, dann meinte Tim:

»Eine Art Ehrenkodex vielleicht? Keine Kinder oder sowas?«

»Vielleicht ging es ihnen aber auch in erster Linie um Sonya?« schlug Jeff vor. Er kratze sich am Bart.

»Möglicherweise wollten sie ja dort weitermachen, wenn sie mit Sonya durch sind.«

»Gruselig.« Adam schauderte es beim Gedanken daran. »Das will ich mir nicht vorstellen.«

»Im Einladungsschreiben hieß es übrigens, dass die Schule sich öffnen will. Bei den Neuzugängen sollen jetzt Hochbegabte aller Art zugelassen werden.«

»Solange sie gut bezahlen, nehme ich an.«

»So wie überall, oder? Nicht, dass Clay das nötig hätte…«

»Schluss damit! Lass uns mal weiterspielen«, unterbrach Tim die beiden energisch und griff nach der nächsten Kugel.

37
Ein alter Bekannter stellt sich vor

Jerry lag schnurrend auf Adams Schoß, während er und Trish sich die letzten Sekunden des Videos auf ihrem Laptop ansahen. Ted Portnoy und die beiden anderen Typen zogen gerade theatralisch ihre Sturmhauben ab und hielten ihre Gesichter mit erhobenem Kinn in die Kamera. Sie wussten, sollten andere das Video zu Gesicht bekommen, spielte es ohnehin keine Rolle mehr, ob man sie erkannte.

»Ich bekomme jetzt noch eine Gänsehaut, wenn ich das sehe. Zu wissen, dass sie jetzt tot sind, macht es nicht besser.«

Adam kraulte Jerry am Nacken.

»Nein, kein bisschen«, stimmte Trish zu. »Myrddin hat es gestern in einem dieser Foren gefunden. Es wurde auch schon ein paar Mal geteilt.«

»Meinst du, es gibt wirklich noch mehr von diesen Perseus-Leuten, wie sie sagen?«

Trish zögerte kurz, bevor sie antwortete.

»Ich bin nicht sicher. Dieses Video wurde erst kürzlich, also nach ihrem Tod hochgeladen. Sie müssen also zumindest Unterstützer haben.«

Adam dachte daran, was mit seinem Apartment passiert war. Er hatte mittlerweile eine neue Wohnung gefunden und kein Interesse daran, irgendjemandem außer Trish seinen neuen Wohnort zu verraten.

»Sie kennen deine Adresse, Trish. Wenn es noch mehr von ihnen gibt, bist du hier nicht sicher!«

»Ich weiß«, seufzte Trish. Dann musste sie lächeln.

»Was ist denn?« wollte Adam wissen.

»Es gibt etwas, das ich dir sagen wollte. Es hat etwas damit zu tun... Ich werde nicht hierbleiben.«

»Sehr gut.«

Adam war erleichtert, das zu hören. Schließlich begriff er.

»Moment, du ziehst ganz weg?«

Trish nickte und zeigte ein schiefes Lächeln, das halb bedauernd schien, halb kaum unterdrückte Vorfreude zeigte.

»Ich glaube, es wird Zeit, dass du jemanden kennenlernst.«

»Okay...?«

Sie öffnete mit ein paar Klicks ein Fenster für einen Videochat. Der Kontakt, den sie ausgewählt hatte, war Myrddin.

»Ich wusste es – ihr kennt euch doch persönlich!«

Trish antwortete nicht, sondern wartete, bis Myrddin den Ruf angenommen hatte und sich das Bild aufbaute. Aus einem taubenblau gestrichenen Zimmer mit hoher Decke lächelte sie eine junge Frau mit langen blonden Haaren an, die sie hinten zusammengebunden hatte. Sie winkte kurz in die Kamera.

»Hey Trish! Hallo Adam!«

Adam war verblüfft. Trish grüßte zurück, dann sagte sie:

»Darf ich dir Dana vorstellen? Dana, du hast Adam ja schon gesehen.«

»Hey Dana, freut mich!«

Adam konnte seine Überraschung nicht verbergen.

»Wohl nicht mit einer Frau gerechnet? Das kenne ich«, hörte Adam es aus den Lautsprechern.

»Zu meiner Verteidigung – Trish hat immer von ›ihm‹ und ›er‹ gesprochen.«

»Jaja, schon gut.« Dana lächelte nachsichtig. »Ihr habt alle eine spannende Show geliefert, neulich bei Clay.«

»Richtig, du hattest ja einen Live-Stream – über Trish«, erinnerte sich Adam. »Danke noch einmal für deine Unterstützung!«

»Sehr gerne. Ihr habt mir ein paar Mal einen Riesenschrecken eingejagt. Es ist nicht lustig, wenn man nur zusehen, aber nichts machen kann.«

»Du untertreibst«, unterbrach Trish sie. »Ohne deine Hilfe wären wir jetzt tot.«

»Du meinst die Stroboskop-Nummer? Komm, das war alles von dir ausgetüftelt, Trish. Du wusstest, dass die Leute bei Clay ihre eigene Technologie verwenden, und du hast es programmiert. Ich habe es nur im richtigen Moment gestartet.«

»Wovon redet ihr?«, wollte Adam wissen.

»Du erinnerst dich an Clays Büro?« fragte Trish. »Ich hatte etwas vorbereitet, für den Fall, dass doch noch jemand von Clays Leuten dort unterwegs ist. Die Chance war groß, dass sie unsere AR-Linsen tragen. Also hatte ich etwas programmiert, das über alle Layer hinweg helle Lichtblitze in schneller Folge zeigt. Also eigentlich nur vollflächig Weiß ein- und ausblendet, aber der Effekt ist derselbe, wenn man es schnell genug macht. Das kann einen schon ein paar Sekunden aus der Bahn werfen.«

Tatsächlich kam es Adam wieder ins Gedächtnis, wie sich Sonyas Söldner plötzlich vornübergebeugt und mit den Fingern in die Augen gegriffen hatten. Das also hatte ihnen ihre Flucht ermöglicht und einen entscheidenden Vorsprung verschafft.

»Du kannst es dir in Zeitlupe ansehen, wenn du willst«, feixte Dana. Trish erläuterte sofort:

»Wir haben alles aufgenommen. Für den Fall, dass wir später Beweismaterial brauchen. Auch die Morddrohungen von Sonya haben wir klar und deutlich auf Video, für alle Fälle.«

»Falls du also noch mal reinsehen willst...«

»Danke, aber – nein, danke.«

Adam winkte ab.

»Diese Nacht war nervenaufreibend genug. Das muss ich mir nicht noch einmal ansehen.«

»Ihr wolltet mir noch was anderes sagen.«

Adam sah zu Trish, dann wieder zu Dana im Chat-Fenster.

»Ihr seid ein Paar, oder?«

Trish lächelte breit und blickte Dana an.

»Wir sind es wieder.«

Dana schaltete sich ein.

»Trish hat mich mal in ihrer Wohnung geduldet. Neben Jerry. Aber irgendwann musste ich nach London ziehen…«

Trishs Augen wurden eng.

»Du musstest?!«

»Hey, ich hatte dir angeboten, mitzukommen!« wandte Dana ein.

Trish stöhnte resignierend.

»Okay, jetzt weißt du, warum wir getrennt waren. Wir haben uns vor ein paar Tagen getroffen und entschlossen, es noch einmal zu versuchen. Wir werden wieder zusammenwohnen.«

»In London?!« fragte Adam entsetzt.

»Ja, wir werden gemeinsam im guten alten Königreich leben«, bestätigte Trish.

»Was ist so schlecht an London?« fragte Dana Adam. »Das ist eine großartige Stadt!«

»Nein, das meinte ich nicht… Dann werden wir uns nicht mehr sehen, Trish?«

Sie legte den Kopf etwas schräg und sah ihn an.

»Tut mir leid, nicht so bald. Aber besuch' uns doch mal in London. Es wird dir gefallen!«

»Ganz sicher!« unterstütze Dana sie. »Bevor ich es vergesse: Ich habe in letzter Zeit aufmerksam die Pressemeldungen verfolgt. Ihr solltet euch mal etwas ansehen…«

Das Bild ihrer Kamera verschwand, stattdessen teilte sie jetzt den Inhalt ihres Bildschirms. Sie hatte einen Browser geöffnet und klickte sich durch die

Inhalte mehrerer News-Websites, die sie in verschiedenen Reitern vorbereitet hatte. Die Meldungen stammten alle aus unterschiedlichen Ländern. Adam war zunächst nicht ganz klar, worauf Dana hinauswollte. Der Führer eines nordafrikanischen Staates hatte vorzeitig abgedankt. Offizieller Grund war sein schlechter Gesundheitszustand. Gerüchten zufolge sollte er psychische Probleme und Wahnvorstellungen gehabt haben, worauf man ihn dazu gedrängt hatte, sein Amt aufzugeben. Im nächsten Bericht verstarb ein ranghoher General eines arabischen Staates während einer Versammlung im Kreise seiner Offiziere. Sein Atem hatte ohne jede Vorwarnung plötzlich ausgesetzt, er erstickte vor Augenzeugen, Wiederbelebungsversuche blieben erfolglos. Als Ursache vermutete man eine unentdeckt gebliebene Erkrankung oder eine allergische Reaktion.

Zuletzt spielte Dana den Videoclip eine Nachrichtenportals ab, in dem ein asiatischer Politiker während einer Rede vor Abgeordneten plötzlich wie von Sinnen schrie und auf seine krampfartig gekrümmten Hände starrte. Das Video endete, als Sicherheitspersonal den hysterisch um sich schlagenden Mann vom Podium entfernte.

»Seht ihr?«

Dana schaltete sich zurück ins Bild.

»Ich könnte mir vorstellen, dass es außerdem noch einige weniger offensichtliche Fälle gibt. Weniger bekannte Persönlichkeiten, weniger aufsehenerregende Ereignisse, solche, die es nicht in die Nachrichten schaffen.«

»Du meinst…«

Adam sprach den Satz nicht zu Ende.

»Ja, das meine ich. Diese Psi-Söldner, oder wie immer ihr sie nennen wollt, sind bereits im Einsatz. Wahrscheinlich nicht unter Sonyas Führung. Aber entweder hängt Schwarz Industries noch in dieser Sache – oder die Geheimdienste haben sich der Sache angenommen und sie haben die Leute einfach unter ihr Kommando gestellt.«

»Das überrascht mich nicht«, meinte Trish. »Vermutlich erklärt das auch, was nach unserer Nacht bei Clay in der Presse zu lesen war. Oder vielmehr, was dort nicht zu lesen war.«

»Stimmt, darüber hatte ich mit Tim und Jeff auch schon gesprochen.«

Sie diskutierten eine Weile, was nach der Ankunft der Polizei an jenem Abend geschehen sein mochte, und wer hinter den Entwicklungen danach stecken konnte. Am Ende waren sie sich nur darin einig, dass sie es vermutlich nie erfahren würden. Auch nicht, welche Rolle Clay in der ganzen Geschichte spielte – war es doch klar geworden, dass er ein entschiedener Gegner einer militärisch oder geheimdienstlich genutzten Einheit seiner Schützlinge war. Sollte all sein Einfluss und seine eigene

Fähigkeit nicht reichen, das zu verhindern? Offenbar gab es Kräfte, denen auch er nichts entgegensetzen konnte.

Nachdem Dana sich verabschiedet hatte, saßen Trish und Adam noch lange zusammen und ließen gemeinsame Erinnerungen aufleben. Jetzt, da Adam wusste, dass ein Abschied für längere Zeit bevorstand, wollte er die letzten Augenblicke so gut es ging genießen. Es mochte viele Halbgeschwister geben, überall im Land, die gemeinsames Erbgut trugen. Doch Trish war für ihn tatsächlich so etwas wie ein lange verschollenes Familienmitglied geworden. Er hoffte, dass die große Entfernung sie nicht dauerhaft auseinanderreißen würde. Als sie sich an der Tür ein letztes Mal umarmten, kämpfte er fast mit den Tränen. Und auch in ihr Lächeln mischte sich ein wehmütiger Zug.

38
Epilog – ruft den Doktor!

Adam fühlte die raue Rinde an seiner Handfläche. Er kniete vor der alten Eiche, ein Knie drückte sich ins weiche Moos zwischen den kräftigen Wurzeln. Mit geschlossenen Augen spürte er die erhabene Präsenz dieses Wesens, das bereits mehrere Menschenleben überdauert hatte. Nahm alles in sich auf, was dieser lebendige Organismus auf ihn übertrug. Der Blätterwald seiner Krone rauschte über ihm im Wind.

Aufrecht und stark, aber dennoch im lange währenden Kampf gegen einen inneren Feind, so stand diese Eiche neben ihren Schwestern. An vielen Stellen zeigte sich auch äußerlich die schleichend fortschreitende Krankheit, die irgendwann die Überhand gewinnen und selbst diesen kräftigen Riesen in die Knie zwingen würde.

Adam hatte gelernt, genauer hinzuschauen. Mehr zu erfühlen, sich intensiver hineinzudenken. Je mehr er erfuhr, umso wichtiger war es ihm auch geworden, das Wesen der Bäume und anderer Pflanzen zu erfassen, die er beeinflussen wollte. Ihnen nicht einfach seinen Willen aufzuzwingen, sondern ihre Bedürfnisse zu verstehen und ihnen gerecht zu werden, wenn es seine Möglichkeiten zuließen.

»Buh!«

Der plötzliche Ruf und eine Hand auf seiner Schulter ließen Adam erschreckt zusammenzucken. Er sprang auf und wirbelte gleichzeitig herum.

»Verdammt, Jeff!« schimpfte Adam, als er ihn und Tim vor sich stehen sah. »Was macht ihr denn hier?«

Beide grinsten ihn an.

»Schön dich zu sehen«, begrüßte Tim ihn.

Adam atmete tief durch.

»Ihr habt mich vielleicht erschreckt... Wie seid ihr hier überhaupt reingekommen? Das ist ein Privatgrundstück!«

»Ist uns auch aufgefallen. Der Pförtner war so nett, uns reinzulassen.«

Jeff konnte nicht aufhören zu grinsen.

»Immerhin mussten wir dir noch wichtiges Arbeitsmaterial bringen, das du liegen gelassen hattest.«

Er zwinkerte Adam gut gelaunt zu. Adam ließ sich ein wenig von Jeffs guter Laune anstecken und lächelte die beiden jetzt an.

»Egal, es ist wirklich schön, euch zu sehen. Wollten wir uns nicht erst heute Abend treffen? Woher wusstet ihr überhaupt, wo ich bin?«

»Eve in deinem Büro war so frei, uns zu sagen, wo du heute arbeitest«, erklärte Jeff.

»Seinem Charme kann eben niemand widerstehen«, ergänzte Tim und verdrehte schauspielernd die Augen. »Wenn sie wüssten, dass er in einem

Wohnwagen haust, würde das etwas anders aussehen.«

»Es ist ein Airstream, verdammt«, schimpfte Jeff.

»Jaja, schon klar.«

Adam haute Jeff freundschaftlich auf die Schulter.

»Ich bin noch nicht ganz fertig. Wenn ihr schon mal hier seid, holt mir doch bitte meinen Arbeitskoffer aus dem Wagen. Er ist euch sicher aufgefallen.«

»Die olivfarbene Karre war kaum zu übersehen. Tree Doctor – netter Schriftzug.«

»Ich finde, das ist ziemlich eingängig. Und selbsterklärend, oder?«

»Allerdings. Und eine gute Geschäftsidee.«

Adam winkte hinüber zum Gärtner des Anwesens, der einige hundert Meter weiter vorgab, an Beeten zu arbeiten, aber immer wieder argwöhnisch herüberschaute.

»Im Grunde habe ich die Idee von dir, Tim«, erklärte Adam. »Du nutzt deine Fähigkeit für deinen Beruf. Aber so, dass es nicht verdächtig wirkt und Kunden nicht darauf aufmerksam werden, wie ungewöhnlich unsere Talente in Wahrheit sind.«

»Ja, so mache ich es«, bestätigte Tim. »Aber wie willst du das verbergen?«

»Wenn Jeff mal so nett ist, endlich meinen Koffer zu holen…«

Als Jeff den großen ledernen Arbeitskoffer gebracht hatte, setzte Adam ihn zwischen den Wurzeln der Eiche ab und öffnete die Schnallen. Er hob ein hölzernes Gestell aus dem Koffer, in dem eine Reihe von länglichen Glasfläschchen aufrecht standen, gefüllt mit Flüssigkeiten in unterschiedlichen Farben.

»Das hier…« sagte Adam und hielt ein Glas mit grüner Flüssigkeit gegen die Sonne und schüttelte es ein wenig. »Das hier ist Teil der Show.«

Vorsichtig träufelte er etwas aus dem entkorkten Fläschchen zwischen die Wurzeln und griff dann nach einer weiteren Flasche.

»Habe ich euch eigentlich schon erzählt, dass ich sogar schon für Clay gearbeitet habe?«

»Papa Clay?« witzelte Jeff. »Ist ihm eine Büropflanze eingegangen?«

»Es ging um einen uralten Ahorn auf dem Anwesen seiner kleinen Blockhütte. Der Baum hatte tatsächlich Probleme. Dennoch vermutlich ein Vorwand, um mich zu rufen und zu sprechen, schätze ich.«

Adam tauschte das Fläschchen gegen eines mit bläulicher Flüssigkeit und kippte es, so dass ein gutes Drittel seines Inhalts in den moosigen Boden nah am Stamm sickerte.

Tim setzte sich an die Seite der Eiche und lehnte sich gegen den Baum.

»Ein bisschen Respekt, wenn ich bitten darf!« Adam wedelte mit der Hand, als wollte er eine

Fliege verscheuchen. »Das ist eine ehrwürdige alte Dame!«

»Nicht dein Ernst, oder?!« protestierte Tim, rückte aber vom Stamm weg und begab sich in die Hocke. Adam setzte einfach seinen Bericht fort.

»Nachdem ich mich um den Ahorn gekümmert hatte – Stewart ist übrigens für den Garten zuständig -, begrüßte mich Clay persönlich. Nach etwas Smalltalk bat er mich auf einen Drink hinein. Zuerst merkte ich nicht, dass er auf etwas Bestimmtes hinauswollte. Wir sprachen darüber, was an jenem Abend im Kaminzimmer passiert war. Er erkundigte sich danach, wie es allen mittlerweile ging.«

Nach einem schnellen Blick hinüber zum Gärtner, der gerade mit einem seiner Helfer sprach, führte Adam das blaue Fläschchen an seine Lippen.

»Was machst du denn da?!« rief Tim entsetzt aus.

»Erkläre ich später…«

Adam nahm einen guten Schluck, dann verkorkte er das Gefäß wieder und setzte seine Erzählung fort.

»Irgendwann kam er dann darauf zu sprechen, dass es keine Geburten mehr gab, schon seit Jahren nicht mehr, wie er versicherte. Da wurde mir klar, dass es ihm von Anfang an darum ging. Es könnte sogar stimmen – das Geburtshaus, in dem Trish und ich waren, stand immerhin schon lange leer. Auch wenn wir natürlich nicht wissen, ob sie nicht einfach umgezogen sind. Wie auch immer, jedenfalls meinte er, es sei ein Fehler gewesen. Seiner blinden

Leidenschaft für dieses Thema geschuldet. Genauer sagte er, es sei unverzeihlich, vor allem, wenn er zum Beispiel an das Schicksal von Trishs Mutter denke. Er bat regelrecht um Vergebung, und wollte das gerne auch Trish selbst sagen, sobald sich die Möglichkeit ergibt. Es täte ihm für uns alle leid, schließlich hätten wir unser ganzes Leben lang nicht wissen dürfen, wer unsere wahren Eltern sind.«

»Der große Clay zeigte sich also reumütig«, fasste Tim zusammen. »Das passt gar nicht zu ihm.«

Adam nickte.

»So sah es aus, ich war auch überrascht. Aber es gab ja so einige Denkanstöße. Seine Tochter wendet sich gegen ihn, nachdem sich herausgestellt hat, dass sie seit Jahren ihre eigenen Pläne verfolgt. Außerdem musste ihm klar geworden sein, was für Gefahren er heraufbeschworen hat. Und dass er trotz seiner Macht nicht alles kontrollieren kann, was um ihn herum passiert. All das kann ihn aus der Bahn geworfen haben. Und in der Zwischenzeit hatte er genug Gelegenheit, die Erlebnisse auf sich wirken zu lassen.«

»Ich bin ihm eigentlich ziemlich dankbar. Unterm Strich.« Jeff breitete seine Hände aus. »Ich meine: Was wäre ich ohne ihn? Ich glaube, mein Leben sähe ziemlich langweilig aus.«

»Genau genommen würde es dich ohne ihn nicht geben«, gab Tim zu bedenken.

»Jedenfalls will er die Boarding School weiterführen«, nahm Adam den Faden wieder auf. »Er möchte nach wie vor jeden unterstützen, der – auch durch ihn – zu ungewöhnlichen Fähigkeiten gekommen ist und nun lernen muss, damit umzugehen. Seinen Platz in der Gesellschaft zu finden.«

»Hast du ihn auf Sonya McCarthy angesprochen?«

»Ja, habe ich. Er hatte aber wenig Lust über seine Tochter zu reden. Er habe sie enterbt und den Kontakt abgebrochen. Offenbar hat sie einen Posten bei Schwarz Industries bekommen, aber er will sich nicht länger mit ihr beschäftigen. Oder mit ehemaligen Schülern, die sich ihr angeschlossen haben.«

Unter den angewiderten Blicken von Jeff und Tim nahm Adam einen weiteren Schluck von seiner Baummixtur.

»Ich habe ihn auch gefragt, ob er denkt, dass Perseus noch eine Gefahr darstellt. Er wirkte aufrichtig überrascht: Er hatte keine Ahnung, wer oder was Perseus sein soll. Ich erklärte ihm also, dass das die paramilitärische Gruppe um Ted Portnoy sei und habe ihm einiges zu ihren Absichten erklärt, was ihn sichtlich verblüfft hat. Er dachte wohl bis zuletzt, das Ganze sei eine persönliche Sache zwischen ihm und Sonya gewesen. Oder bestenfalls zwischen ihm und der Clay Holding als Arbeitgeber. Dass es um eine Art Hexenjagd auf uns ging, seine Kinder mit besonderen Fähigkeiten, hat er scheinbar nicht gewusst. Jetzt denkt er über zusätzliche Sicherheitsmaßnahmen für die Boarding School nach.«

»Das kann nicht schaden«, pflichtete Tim bei.

Jeff kratzte sich an seinem Bart.

»Vielleicht ging es diesem Ted aber auch immer nur um Sonya – und er hat diese Geschichte mit uns als Monstern einfach gebraucht, um Gleichgesinnte um sich zu scharen.«

»Das spielt eigentlich keine Rolle. Ted ist tot. Aber sollte es noch Anhänger seiner Ausrottungsfantasien geben, bleiben sie eine Bedrohung für uns«, brachte Adam es auf den Punkt. Er setzte den Behälter mit den Flüssigkeiten wieder ein und schloss seinen Arbeitskoffer sorgfältig. Der Gärtner war inzwischen nirgendwo mehr zu sehen. Nur sein Helfer kniete noch in einem Beet, um Unkraut und Verblühtes zu entfernen.

»Ich bin soweit fertig hier. Ich muss nur noch mit dem Gärtner reden, dann können wir aufbrechen. Habt ihr eure Bowling-Klamotten dabei?«

Tim streckte den Daumen nach oben.

»Klar, kann direkt losgehen. Aber verrätst du uns vorher, was es mit deinen Wunderwässerchen auf sich hat?«

Adam grinste breit.

»Das sind meine speziell entwickelten Nährstoffmixturen für die individuelle Baumpflege, natürlich mit streng geheimen Zutaten. Die – und meine

Erfolgsgarantie – bescheren mir gut zahlende Kunden in den besten Wohngegenden. Meine Referenzliste kann sich sehen lassen.«

»Okay, wir wissen, dass du das Zeug nicht brauchst. Was ist darin? Wasserfarben aus dem Malkasten?«

»Eine Auswahl der süßesten Energy Drinks – vorzugsweise die mit den knalligsten Farben und dem höchsten Zuckeranteil.«

Adam stand auf, griff nach dem Koffer und machte sich auf den Weg zu seinem Wagen, begleitet von Tim und Jeff, die Adam weiter amüsiert zuhörten.

»Der Boden bekommt etwas für die Show, ich trinke heimlich etwas nach der anstrengenden Behandlung, um meine Energiereserven wieder aufzufüllen. Die Bäume erhalten einen Anschub, um wieder zu heilen, und ich kann mich problemlos weiter auf den Beinen halten, selbst wenn die Bäume groß sind, und alle sind zufrieden.«

Er verstaute den Arbeitskoffer im Wagen und verabredete einen Zeitpunkt mit Jeff und Tim, um sich an der Bowling-Bahn zu treffen. Dann machte er sich auf, um den Gärtner auf dem weitläufigen Anwesen zu suchen und seinen Arbeitstag abzuschließen. Einen kurzen Moment dachte er an seinen Job bei CleerBloo zurück und fragte sich, ob jetzt ein anderer Stunde um Stunde Gesichter klassifizieren musste. Schnell wischte er den Gedanken beiseite.

Er genoss den leichten Wind, der durch seine Haare fuhr und beschleunigte seine Schritte auf dem Weg zum großen Treibhaus, vorbei an Beeten voller blühender Stauden und dem hügeligen Steingarten, in dem riesige Kakteen sich neben schwarzen Lavasteinen in den Himmel streckten.